風暴中的星屑

一穂ミチ
Michi Ichiho
劉姿君 譯

砂嵐に星屑

目次／砂嵐に星屑

台灣版限定專序

一穗ミチ

因旅行而造訪台灣，已經是近十五年前的事了。那是一次四天三夜的小旅行，住的是台北的飯店。上了台北101的瞭望台不巧天氣不好窗外一片白茫茫、在士林夜市買了塑膠袋裝的西瓜邊走邊吃、在藥妝店買一大堆面膜回去試用、去腳底按摩痛到哭、爬九份的樓梯爬得滿身汗……所有的體驗都非常愉快。其中我最愛的是茶藝館。喝著好喝的茶，和朋友聊到好晚。那悠緩的氣氛和時光，至今仍令我懷念。不知為何，在日本的茶館就是感覺不到那種舒心愜意。那是旅行的魔力嗎？我想再去一次台灣確認一下卻遲遲無法成行，時間卻從中溜走，而這幾年的情勢已由不得我們輕易出國旅遊了。

十五年前的我，完全無法想像自己會像現在這樣出版小說。世界也好，我也好，都在接二連三的意想不到之中運轉。

這部小說是以大阪這座城市爲舞台。以台灣而言會是哪裡呢？高雄？大阪雖不如東京但也是個大都市，常被人形容爲「不矯情、重人情的地方」。不過當然啦，大阪什麼人都有。我寫的，是在大阪的電視台工作、隨處可見、平平無奇的人。台灣也一定有這樣的人吧：單身迎來四十歲、對工作和往後的人生感到不安的女人；與正值青春年華的女兒冷戰而不知所措的男人；盼不到心儀之人回眸的女孩；工作隨波逐流不敢抱任何希望的青年。

他們不在電視機後面，而是在人群中、電車上、茶藝館的茶几旁。也許與每天和您說話、錯身、遇見又分開的某人甚至是您有相似之處。他們不是英雄，沒有特別好也沒有特別壞，爲了每一天的生活筋疲力盡。他們難得有美好的一天眞心感到「活著眞好」，心中「會不會發生什麼好事呢」的微小期待理所當然不會實現，也有孤單難耐的夜晚。這本書，描寫的是這樣的人們在微不足道的人生的小小片段中驀然發現一縷光的故事。

這縷光是孤寂的、不可靠的，無法與北極星的光芒相提並論。但那也許能照亮我們的腳步，也許能成爲下一步的路標。即使是自己這麼渺小的存在，或許也能成爲某個人的光。我們是無數的星屑聚集而成的無數的群體，彼此照亮對方——我懷著這樣的祈願寫下了這些作品。

此刻，正在看這篇文章的您，素不相識也不知姓名的您，的的確確是我的光。在爲數眾多的書籍中拿起了我所編織的故事的希望之光。眞的非常感謝您。

等下次能去台灣的時候要做什麼呢？我想去茶藝館悠閒喝茶，想吃配料堆成小山的豆花，還想去貓空和高雄。對了，上次只顧著玩，一到飯店就累得倒頭就睡，下次我一定要看看台灣的電視節目。台灣的電視會不會和日本一樣，在晨間節目裡播占星運勢呢？氣象預報是不是也提供很多花粉和紫外線資訊？

但我最想做的，是親眼看見這本書擺在台灣書店的架上。這小小的夢想，也是我此刻的光。我想像著也許在台灣與我擦身而過的人當中，有人讀過我的書。

所以當您有機會來日本、來大阪時，也許會在毫不知情中與我擦身而過。星星的軌道不會交錯，但會悄悄地照亮彼此。一這麼想，就覺得活著好像輕鬆了些。當我在誰的身上看到了光，也有人在我身上看到了光。靜靜地調整呼吸，在黑暗中凝神細看，一定有的。

無論生在何處，我們都必須在脆弱不安的時代中摸索前進，願台灣每一位讀者，旅途順遂，福星高照。

砂嵐に星屑

春

資料室的幽靈。

大阪的日出比東京大約晚三十分鐘。回到久違的大阪，在還沒住慣的公寓陽台望著遲遲不亮的東方天空，想起以前也曾這麼想。可見自己沒有長進。生長於東京，因工作來大阪生活了十年，調回東京又是十年，然後就到了現在。到底哪邊才是自己的「主場」呢？兩邊都有自己喜愛的地點、熟悉的人、喜怒哀樂的回憶，難以取決。並不是對兩邊有著難以比較的感情，而是兩邊都算不上。至今還是不知道該把圖釘釘在地圖上的哪個地方，或許往後也不會知道。

不過，無論哪裡都有天空，都能這樣靜靜眺望黑夜與清晨的交界，也許就該感恩了吧。清晨五點半在陽台上，穿著睡衣裹著毛毯，一手拿著注滿紅茶的馬克杯，邑子這麼想。從十五樓望出去的景色是住宅大廈與商業大樓林立、毫無特徵的「一般城市」，但當破曉的橙色漸漸染過黑夜的深藍成爲背景色，便美得不可方物。倘若是在鳥兒的啁啾聲中醒來，那麼此情此景夫復何求，無奈她是被腳抽筋痛醒的。在空無一人的房間裡抱著腳尖嗚嗚呻吟的聲音，雖可笑卻也寂寥。可能的原因很多，諸如水分不足、鈣質不足等等，但就邑子本身的感受而言，僅僅一句「年輕的時候明明不會這樣」就道盡了。更年期障礙的症狀好像就有容易抽筋這一項？

左小腿肚還是異樣感滿滿，體重一壓上去就會痛。「好痛」不禁脫口而出，試想自己是什麼時候開始如此自然地自言自語。想不起來。

然後當她無所事事佇立期間，夜色已被取代，建築物的窗戶和天線在朝陽中耀眼生光。啊啊，天亮了。天還沒亮之前心情還能保持平靜，但當晨光行遍身體的每一個角落，焦躁而非希望便會露臉，讓她一刻躁動不安。

新的無聊的一天又要開始了。

一手拿著馬錶試讀了一下新聞稿，確認長短的感覺、容易吃螺絲的地方。文言文的斷句、不能唸錯的專有名詞、不擅長的か行發言……等等地方都用紅筆標注。

「不好意思，要換稿，不是建設課，是土木建設課才對。」

有人遞來了新的稿子，邑子說聲「謝謝」抬起頭，眼前的是十年不見的中島。

「啊，中島先生好久不見。」

「喔喔，大概是班表的關係，妳回來以後我們一直都沒見到啊。」

「對不起，我一直想著要去打招呼，但我上星期才剛搬回來這裡，忙忙亂亂的……」

「沒關係沒關係，調動很辛苦的。不過，三木小姐一點都沒變呢。」

明知不可能，但以中島的爲人，他會這麼說也可能只是不太記得十年前的邑子而非客套話。

「別說這種在同學會上搭訕女同學的話啦，不過中島先生倒是變了呢。」像是腰圍啦、髮際線啦……邑子拿這些不該說的來鬧他，中島便「嗚哇——別說了」作勢掩耳朵。中島是資歷比邑子多了近十年的前輩，但有違新聞節目編輯這個頭銜，外表和人品溫和敦厚，也能接受比較冒犯的玩笑。在新聞報導這一塊也相當久了，邑子卻不記得看過他逼問誰或擠對誰。

「啊啊，這一點都沒變，浪速電視台頭號療癒吉祥物，眞叫人安心。跟看到水豚的感覺一樣。」

「這明明是損人啊！」

「才不是呢。啊，對了，關於工作……下個月的福岡外景，本來說要叫宮下去的，可是他臨時安插了一個採訪。」

說是去年榮登全壘打王的職棒選手指名要宮下採訪，中島便說聲「這樣啊」，雙手盤胸。

「那就沒辦法了。不然宮下的反應很靈活，最適合跑行銷的旅遊單元了……大河內呢？」

「她的工作也很滿。還有，她說半年前就已經預告要跟朋友去旅行，說是什麼時候來著？我跟她確認一下再跟你說。」

「嗯，麻煩了。」

中島點點頭，然後看看邑子笑了笑。

「怎麼了？」

「沒事，就覺得三木小姐也已經要管理後輩的班表了啊。」

「就是啊——，已經是老資格了我。好歹也是主播組的主任了唷？」

邑子也笑了，明明一點都不感到驕傲還是刻意挺起胸。

「眞可靠。那我走啦，下次再一起去喝一杯。」

「好。」

邑子收起笑容，視線又回到原稿上。今天大阪市府將召開記者會，說明市役所土木建設課一名四十多歲男性職員屢屢於上班期間溜班去打小鋼珠的問題……。沒什麼分量的地方話題，就連開口播報的也會忘了自己唸過的內容。觀眾一定也是吧。這種新聞老實說實在無關痛癢，但不把節目的時間空間填滿，電視這個媒體就不成立。

午休前最後一段十分鐘的地方新聞。淡淡重複幾則新聞標題和內容之後便是氣象預報。會入鏡的只有三木邑子主播一人，沒有棚內輪流播報或閒談的空間，畫面只會拍固定的上半身套裝（因爲只有一架攝影機）。枯燥無味至極的「純粹讀原稿」就是邑子目前的主要工作……好像也不至於喔，還要調整班表。這是個吃力不討好的工作，要注意每個人的上班時間和平常的固定工作，無論再怎麼費心盡力分配工作，永遠都會有人不滿意。當然邑子自己年輕時也會毫不在意地表示不滿：「咦——又是星期六晚上的試映會喔——。」

因果報應——本以爲只是自己偷偷唸一句，不料聲音太大，旁邊的男導播問：「什麼事？」

「啊，沒有，沒事。就是這則新聞啊，上班時間去打小鋼珠，隔壁機台坐的剛好是來往的建築業者不是嗎？因爲這樣被人家通報，事情才抖出來……我就想，眞的是若要人不知除非己莫爲。」

「哦，就是啊。」

露出淡淡笑容的導播年紀應該比邑子小一點吧，但邑子不記得曾經合作過。電視台的人員出入頻繁，她也不敢說絕對，但的確沒有比較深入的來往。儘管如此，從他的笑臉中，邑子還是感到挖苦人的惡意，便移開了視線。是我被害妄想嗎？可是就算他知道我的「前科」也沒什麼好奇怪的。

像是繼續嚼走了味的口香糖般反覆誦讀剛剛才看過的原稿。我是主播，

我是主播，我的工作是不出錯不打結順順播報眼前的新聞——邑子這樣告訴自己，暫時麻痺自己的心。大阪市役所土木建設課的男性職員……

大阪站前到底要施工到什麼時候？要調到東京的時候還有點感傷，想著等我回來景色一定截然不同了吧，還從天橋上眺望阪急、阪神、大丸百貨公司的鐵三角，現在只想問終點到底在哪裡？不，是到底有沒有終點？總之二〇一八年的春天還是有重型機具運作，到處禁止通行。再開發，接著再開發，讓人看不到全貌，東京也是這樣，難道他們個個就這麼想從事聖家堂那樣的事業？邑子不禁納悶。

即使如此，今天一天挖了多少洞、豎了多少柱子，天天都看得到進展，所以她也會自嘲地想：搞不好人家做得很有成就感。至少比電視這種工作好，電視從播出的那一刻起便成爲「過去」煙消雲散，太空虛了。

穿過屋頂好似巨型滑水道般的大阪車站內部，前往北側新建的商業大樓GRAND FRONT OSAKA的餐廳。主播組的年輕後輩跟她說「要在GURAHURO

辦迎新會」的時候，邑子還疑惑「爲什麼要在浴室①辦？」。邑子在大阪那時，那塊地上除了一家連鎖的大型電器行YODOBASHI CAMERA什麼都沒有，空曠寂寥得很。邑子在東京期間，幾乎不曾聽說這個「梅田北場」——儘管位於大阪站前占盡地利之便，卻因不景氣而長久未經開發——的消息。

原來現在變成這樣。走過與大阪車站相連的空中走廊，眺望研缽狀的廣場和「GURAHURO」圓弧形的建築。近前的是南館，後面的是北館，他們說：預約的是南館的餐廳，北館很遠我們很少去。大樓旁的地依然是空地，預定將來也會開新車站。

大阪最後一塊一等地。

腦海中一浮現新聞提到北場時的固定說法，肋骨間便竄過一陣剃刀割肉

1. GURAHURO為日文GRAND FRONT OSAKA的簡稱，而HURO與日文的浴室同音。

般的刺痛。不禁想起他的聲音。疼痛之後便是哭笑不得。這種時候應該不是說東京人說的「好蠢」，要說大阪人說的「白痴啊」才對。大阪腔罵人有點脫線、很有溫度，邑子很喜歡，可是自己明明是發音的專家，這三個字的語調卻怎麼也學不會。每次開玩笑試著說，都會被他笑「假大阪人」——不行，越牽扯越多了。明明早在十年前就結束的事，那人都已經不在了。

星期五傍晚的人潮規律地靠左側通行，被吸進南館。到處都張貼著宣傳開業五週年的海報。連記憶中都不存在的大樓都五年了。十年的長度在邑子心中連一點確切的感觸都沒留下，世界卻一步步扎扎實實地累積。彷彿剛打開寶盒瞬間變老，邑子總有些恍惚。

不行，現在不該胡思亂想。在抵達七樓餐廳前，要戴好和新聞直播時同樣的笑容。穿戴好「無憂無慮」這副閃閃發亮又淺薄虛僞的盔甲。雖然最近完全沒有在鏡頭前笑的需要——當臉上露出這幾年已成爲習慣的自虐，同時也想到一件事：我最近什麼時候眞心笑過？不是出於人情或場合，而是由衷的笑。想不起來，不過也許只是隨著年齡增長而變得健忘，也許每個單身的四十多歲女子都不會隨時面帶笑容。也許一時想不起能夠隨口問「最近笑過嗎？」的對象才正常。正因爲沒有特別不幸也沒有特別孤獨，當不安像一滴污漬滴落在日常中，才會格外醒目。

「辛苦了——！不好意思，我來晚了！」

邑子努力扯開喉嚨說，來到已聚集了十人左右的桌位，便受到無意義的歡呼聲迎接，早她五期的部長五味以「今天的主角出場了！」這種令人困擾的方式炒熱氣氛。

「來來來，妳要坐主位啊！」

「饒了我吧，像我這種回鍋的，只是附帶的啦。」

「怎麼會呢，明明是從東京凱旋歸來，別謙虛了。」

五味在長篇大論的前言之後，以「敬即將要調動的同仁、主播組的新人，以及從總台修行歸來的三木邑子小姐」舉杯，爲長達好幾個小時的假笑持久賽揭開序幕。本來打算縮在角落悄悄過的，卻遇上連話都沒說過幾句的主播組眾人的種種問題攻勢。當然不是針對邑子調動的原委（這應該早就傳遍了），而是東京的某某女主播和大聯盟選手交往的八卦是真的嗎？或是黃金時段新聞節目的名嘴突然被換掉有什麼內幕？首相官邸會不會對政治新聞的內容施壓？有沒有受週刊之託幫忙求證？諸如此類，似乎對總台的後台十分感興趣。感覺大阪的人一臉特立獨行的樣子，其實心裡對東京在意得不得了……以前好像也有過這種想法。即使想法相同，但歲月流逝，邑子已經中年，當時中年的那名男子已然不在。

「你們都沒問題了嗎？隨時都可以上鏡初試啼聲了？」

一回神，五味找上了今年進來的新人。男女各半的四名新人正嚷著「還差很遠」「怎麼辦」，誇張地表示煩惱。

「大阪出身的……兩個？地名那些可要記牢哦。」

然後看著邑子不懷好意地笑，大聲說「就連你們的大學姐三木小姐啊，以前也曾經把十三唸成『とみ（tomi）②』呢」。不但刻意點名，用的還是裝模作樣的說法，識相的年輕人也大笑特笑。這個插曲，就邑子記憶所及至少用過五次，到底要被說到何時啊。又不是什麼多有獨創性的錯法。就像老是要重提尿床舊事的親戚一樣，這種越老的往事越是反覆被傳播的系統到底算什麼？

「又不是新聞直播的時候說的，有什麼關係。」

啊，糟了！——話一出口邑子便這麼想。回應的方式沒更新就算了，還不小心用了二十幾歲時那種撒嬌的語氣，自己都噁心。慘了，大家都很倒彈吧？還是會當作酒喝多了不以爲意？邑子調整音色，又找了個藉口：「至少我知道不是『じゅうさん（jusan）』。」

「那也沒人會說『とみ』啊。」

「咦——，可是，學姐到東京是當新聞採訪記者吧？那很厲害耶——？」

2. 大阪地區有許多地名讀音特殊，如果不是當地人，即使是日本人也經常弄錯。文中的「十三」，作為數字時唸成「じゅうさん（jusan）」，作為大阪的地名時應是「じゅうそう（juso）」。

八成小了整整一輪的後輩打圓場般幫忙解圍。

「我常看三木小姐的現場報導哦。」

「不厲害不厲害，那些都是別人準備好的。」

這純屬事實，一點也不是謙虛，五味應該也心知肚明，但不知是不是酒喝多了，反而更大聲地煽動：「你們也要好好加油，向三木看齊。」

「啊，不過私生活就不用了。」

回來以後頭一次被人公然放箭。現場的氣氛如何轉變，全看邑子的反應。我懂，我能瞬間做出反應。當作現場轉播就好。我的工作就是拯救下一秒的情勢。邑子誇大地揮手喊著「好了好了好了——！」打斷他。

「這是off the record的！」

「喔，歹勢歹勢。」

席面被笑聲包圍，邑子鬆了一口氣。與其被投以同情或好奇的眼神，不如徹底當個笑話還比較輕鬆。刻意提起過去的傷口，應該也是出自五味的好意，不希望邑子被眾人當成必須小心翼翼的麻煩人物吧。這樣鬧上一回算是淨身完畢，讓四周的人覺得「啊，那是過去的事了」而安心，做法不算差。她這樣告訴自己。

人家用心良苦，我沒有委屈傷懷的權利。

正想趁著大家七嘴八舌熱烈評論新年度開始的節目時去上廁所，卻有人搶先邑子說聲「不好意思」舉起手來。

「我要先告辭了。」

有一個人從新人和年輕一輩盤踞的那一區輕輕巧巧站起來。記得是今年進來的新人。五味說：「笠原怎麼了？」對，記得她是叫笠原雪乃。邑子只和她打過招呼，她還沒有正式入鏡，所以作爲主播的資質仍是未知數。

「妳要回去了啊？菜都還沒出完呢。」

「電影的時間快到了。」

雪乃堅定地回答。

「而且，異國風料理我不太行，沒有我敢吃的東西。那麼我先告辭了，大家辛苦了。」

她行了一禮，頭也不回地離開餐廳。

「……很敢說話的年輕人呢。」

當邑子爲她絲毫不像新人、大大方方中途退席的行徑驚訝時，五味一臉苦澀地說：

「她喔，這是迎新送舊會，身爲主角應該待久一點的……可是，這年頭要是說這種話，又會被說是職權騷擾什麼的，事情就會很麻煩。喂，齋木，那是你同期，你也教教她啊！」

被點名的新進男主播無奈地垂下眉說「沒辦法啊」。

「上次同期的大家在LINE群組裡興匆匆說黃金週去烤肉的時候，她也是一句『我很重視私人時間』就拒絕了。」

「眞假？」

「好堅強的心智——」

年輕人個性十分我行我素，這也無妨，但作爲一個主播，這樣能和台內台外的人順利溝通嗎……邑子雖然擔心，但回想起她臨走時堅定挺拔的嬌小背影，便覺得自己的擔心是多餘的。

「還有，她偏食很嚴重。」

今天的主辦抱怨。

「哦，所以才說沒有她敢吃的。」

「就是啊。可是要是配合她，選擇就會少很多。亞洲菜不行，生魚不行，又討厭蔬菜。」

「就那個啊，聽說在錄取後的餐會上，她也是忙著把義大利麵上的蔥挑出來。」

「她不是會過敏吧？那就得合群一點啊。」

儘管覺得在本人不在場的情況下說這些不太好，但邑子也忍不住插嘴說：「這樣她能做美食報導嗎？」百貨公司地下美食、話題餐廳、市場和漁港的現場轉播，主播在攝影機前吃東西的工作不勝枚舉，而且店家也不可能為採訪的人準備特別的菜色。

「不知道耶，看她那個樣子，搞不好會大剌剌說『我不敢吃』。」

「五味先生，決定錄取的時候沒問過嗎？」

「普通人哪會那麼挑啊。」

被矛頭對準的五味灌了口勝獅啤酒抱怨道。

「聚餐的時候我也是傻了。」

媒體業的徵才很早便舉行，大學三年級的春天就會預先錄取在學生，之後以聚餐、親睦會等名目時不時找人出來，對他們施壓：「別跑哦」，以免被其他電視台搶走。在重量級上司圍繞的聚餐場合能夠大方貫徹偏食，那樣的神經老實說邑子無法理解。邑子自己最怕紫蘇，但她不會公開談論，若工作的場合上了有紫蘇的菜，也是默默吃掉。

現在的年輕人——會這樣講好像就代表已經老了？曾經，說著將來總有一天會和平成出生的一起工作，好難以想像喔，如今也是遙遠的過去。

「下次必須在面試時就問清楚會不會挑食，村雲也……」

一說出村雲清司的名字，五味就明顯一臉「糟糕」的表情，不自然地沉默了。邑子將視線落在菜單上，裝作什麼都沒聽到，喊了店員。

「不好意思，我也要勝獅啤酒。」

剛剛明明還拿來當哽，現在卻認爲不能指名道姓，這條界線是怎麼定的？如果要設下NG線，有權決定設在哪個位置的，難道不是我嗎？邑子將魚露炒蝦與不滿一起吞下肚。用玻璃杯裡剩下的一點啤酒沖掉魚露的餘味，心裡有點認爲要是剛才的笠原雪乃，一定會正面抗議。

被迫連著續第二攤、第三攤，解散的時候天都快亮了，這一夜除了大致記住目前主播組的面孔，沒有任何收穫。爲了醒酒，邑子在梅田漫步，再次爬上橫跨站前的天橋。邑子又愛又恨的黎明天空裡看不見星星，大阪車站大樓牆面上倒是貼著鮮紅的「大阪車站戲院」的LOGO。這時候她才注意到「大」字被設計成星星的形狀。邑子就這麼抓著肩背包的背帶，抬頭望著紅色的星星，直站到東方署光刺上臉頰。腦子裡很清楚不能一直待在這裡，得趕快回去。回去卸妝，好好泡個澡，護膚按摩伸展……這些雖然看不出明顯的效果，但只要一偷懶身形和肌膚就會赤裸裸地顯老，所以這一連串的例行公事不能省。可是腳無論如何就是不動。該回哪裡去呢？與理性背道而馳的不安讓邑子石化。這個城市十年就變了這麼多，我卻只是馬齒徒長，一步步邁向衰老。既沒有累積財產，身上也沒有多幾樣武器，連年輕這唯一的可取之處都沒了。

一切都是自己選擇的結果，再不然就是自己造的孽。無論是單身、被踢到東京，還是在東京也被當成燙手山芋，全都是。

可是，那不然該怎麼做才對？這種不斷漂流的心情，到底到幾歲才會消失？

失算了。本以爲週五週六的話應該還好，但到了這個年紀，連喝兩天還是很傷。即使如此，週六的聚會是跟中島還有他的同期松井三個人的小聚，精神負擔輕得多。中島和松井不會用有色眼鏡看邑子，當初確定要調動時，他們也是直呼「爲什麼就只有三木？」爲她抱不平。讓她學會分辨只是面子情誼的人，還是眞心相待的人，也許算是那件事寥寥可數的收穫。

但在這次小聚中，松井竟宣布「我打算提早退休」，邑子即將失去一個可貴的盟友。

「眞是嚇了我一跳，好有決心啊。」

送住京都的松井到京阪的中之島站的回程中，中島這麼說。

「不過，松井先生從以前就常把『這種辛苦的工作我可不想做到屆齡退休』掛在嘴邊嘛。」

「他本來就是公子哥兒出身，人生藍圖也一定都規劃得好好的吧。」

中島看起來比邑子還感慨。雖是同期，但印象中交情並沒有那麼好，所以邑子問：「會覺得寂寞嗎？」只見中島「唔——」了一聲，爲難地笑了。

「怎麼說啊，好像自己原地踏步……我們這個世代的，三三兩兩都提早退了，大家都飛向第二人生了。所以忍不住會想，自己還死死巴著這家公司，到底是想幹嘛？」

「有什麼其他想做的事嗎？」

「就是沒有啊。因爲沒有，就越來越覺得自己白痴。」

「沒這回事！」

就連溫和穩重的中島也有這樣的迷惘和焦躁，邑子在驚訝的同時也以輕快的語氣拍了他的肩。

「我們一定是這樣想著想著日子就過去，一轉眼就到退休年齡啦。」

「說的也是。」

中島再不到十年、邑子十七年，差不了多少。這是很切身的問題。可是你不一樣——邑子在心中對中島喃喃地說。你回到家，有太太和女兒呀，並不是「一無所有」。所謂隔岸青草綠，中島的岸上有漂亮的房子庭院和家人。

凡事都要和別人比、漫無目的地漂流，要是連公司這個港口都沒了，那我會怎麼樣？孤伶伶地變成老太婆。邑子想起松井臨別時對她說的話。

——三木也大可自由自在地過。妳又不欠公司什麼。

就算辭了電視台，自己能做什麼？能夠以自由主播的身分在電視和時尚雜誌華麗搏版面的就只有東京的、而且是一小撮明星女主播而已。自己沒有坐辦公桌的技能和證照，更現實的是，等離職之後和某家經紀公司簽了約，去當旁白或活動主持——每次還要經過甄選，被拿來和年輕一輩比較？就算運氣好拿得到工作，收入恐怕也不到現在的一半。沒辦法，都四十三了。她不想冒這個險。就算長期以來被當成無用之人，最後還是只能要公司保護、要公司養。

所謂的無法回收再利用，說的就是我。在出社會的那個階段根本沒有這種預期和打算的，不知不覺就變成這種人了。就連走在堂島川畔的親水步道清脆的腳步聲，都反而令人哀傷。

「我要搭阪神電車到梅田，三木呢？」

「我是北濱，所以用走的回去。」

「是嗎，現在很晚了，路上要小心哦。」

「好，晚安。」

中島抬起一隻手，不知爲何一副不知該何時放下般讓手停在半空中，以這個不上不下的姿勢開口說「三木，那個啊」。

「什麼事？」

「跟妳講妳心裡可能會有點混亂，不過我想應該在事情傳開之前讓妳知道。」

光是「傳開」這兩個字便警鈴大作，邑子這次以生硬的聲音重複了「什麼事？」中島低聲說「就是村雲先生」。

「他好像沒走。」

坐在步道長椅上，仰望河對岸的公司。只有新聞和製作的樓層亮著燈。牆面上「NANIWA TV」的 LOGO 發著白光。連兩天面對類似的景色，但此刻滿腦子卻不是對將來的不安，而是臨別之際中島的話。

——有幾個年輕人說在資料室看到……啊，我自己是沒看到啦。

這件事，中島先生相信嗎？這樣一問，他便「唔——」一聲不肯明說。

怎麼可能。邑子在內心嘀咕。怎麼可能有鬼，到底是誰放出這麼惡質的謠言？

邑子曾經的上司村雲清司是去年底病逝的。邑子是透過公司總務性質的業務郵件「訃文」得知。在大阪這邊也許在報上出了個塡塡邊角的小報導，但在東京當然不會有人報導，也沒有人提，以至於她一點眞實感都沒有。過了年，二月初被通知要調動時，她曾想，這也太好懂了吧。明明去年春天村雲屆齡退休時都沒被叫回去，死了就「事情終於冷卻下來」，這人事安排也太有效率。搞不好，是長久以來不知拿邑子怎麼辦的東京這邊去催的也說不定：這個人我們已經養了十年了，拜託你們接回去。

會不會，是不滿別人當他死人不會有意見才跑出來的？邑子的嘴角扯起絕對不會在新聞直播時露出的扭曲笑容。這點小事算什麼？我可是在外面不冷不熱地被排擠了十年。但邑子倒也不認爲在大阪忍耐異樣的眼光會比較好，也絕對不願想像懲處性的調動是出自村雲的溫情。無處發洩的憤恨化成不斷冒出的泡泡，在文風不動的邑子內側滾滾沸騰，無可抑遏。死不瞑目還要變鬼跑出來的，是我才對！你根本沒有任何改變、沒有任何損失，好好過完你的主播人生工作到屆齡退休。享年六十一歲雖然是比平均壽命短了很多，但短歸短，不也過得濃烈快活嗎？

還對人世有所留戀，要不要臉啊。邑子猛然站起，朝公司邁步。如果村雲的鬼魂眞的會出來，她有權在十年後罵他幾句。要是沒出來，就笑中島「什麼都沒有啊」。求證是報導的基本功不是嗎？

資料室在十三樓。按電梯按鈕時，雖然閃過「這數字也太巧」的念頭，但轉念認爲十三不吉利是西洋的迷信。十三、じゅうそう……外地人會唸才怪。

同一樓層有幾間會議室，會計、總務、系統等行政部門也集中在這裡。週末深夜沒有人加班，整個樓層靜悄悄的。其他樓層多半有人在談笑、看電視，或是猛灌提神飲料趕編輯後製，但除了走廊和緊急逃生門之外都沒有亮燈，黑漆漆的。令人不敢相信是同一棟建築。每向前走一步，「怎麼可能會出來」和「萬一出來的話」的念頭交替閃爍，連腳步聲都被地毯吸走。進了無人、無聲的十三樓盡頭（偏偏在盡頭）的資料室，先把所有的照明開關一個不剩地打開。太好了，都亮了。資料室大約有兩間學校教室那麼大，擺著移動式書櫃和四人座的桌子。負責製作的工作人員會攤開百科全書、雜學書七嘴八舌討論如何出謎題，但邑子對這裡並不熟悉。環顧室內，在書櫃間走動仔細觀察，也沒有可疑的人或物。進來時的緊張漸漸變淡，驟升的情緒和微醺退去之後，便吐出又沉又濁的嘆息。眞是太蠢了。明知不可能是眞的，卻爲了莫名其妙的傳聞半夜傻傻跑來，浪費時間。

趕快回家吧。拿起放在桌上的包包，同時間聽到一聲嗶的電子音，邑子全身僵硬。資料室的入口幾公尺前，有一道防盜用的自動上鎖的門。有人解鎖了那扇門。邑子立刻蹲在書櫃的影子裡。鬼魂有這麼守規矩？不，不對，一定是警衛巡邏。只有公司發的ＩＤ卡才能解鎖，所以不太可能是小偷。警衛要是進來她就速速出去，隨便找個藉口說「不好意思，臨時有東西要查」就好。反正又沒做什麼壞事。好了，再不趕快行動，自己反而要被當成可疑人物了——可是，萬一不是警衛呢？萬一不是活人呢？

本應消逝的不安再度急劇膨脹，聽到資料室的門打開的聲音，邑子還是不敢動。心臟好像要彰顯自己的存在般狂蹦亂跳，她便用力按住左胸。入侵者沒有說話。一般看到深夜裡點著燈，好歹會問一聲「有人在嗎」吧。鼓起勇氣正想偷看一下，房間就整個暗下來了。邑子好不容易才將差點脫口而出的尖叫嚥進喉嚨深處。熄了燈？爲什麼？果然還是警衛吧？捂住嘴的雙手在發抖。感覺有人在室內走動。怎麼辦？好可怕。救救我！媽媽！爸爸！

……不對，都這把年紀了，心裡暗自求救的對象卻只有父母，不太妙吧。是逃避現實嗎？在恐懼的同時，內心一小角冷靜地自嘲。現在不是想那些的時候。可是又不知如何是好。總是驚慌失措，只會隨波逐流啊我。

忽然間，一束又小又強的光照過來。邑子終於「啊」地叫出來，雙手扶著地癱軟。

拿光照她的人說話了：

「——啊，辛苦了，三木小姐。」

像定住的鎂光燈般刺眼的光源，是手機的手電筒。光裡隱約看得到的，是昨晚（正確來說應該是前天吧）大大方方從聚會早退的新人笠原雪乃。

「笠原、小姐？」

「是的。」

聽邑子生硬地叫了名字，雪乃無比冷靜地點頭，反過來問：「三木小姐在這裡做什麼？」

「我……妳呢？」

「啊，我聽說這裡『會鬧鬼』，很感興趣。」

「蛤？」

這種堂而皇之的態度，讓剛才的恐懼變成怒氣。

「難道三木小姐也是？」

「不是。」

邑子手扶著書櫃一站起來便下令「開燈」。

「妳幹嘛關燈啊！」

「我想說亮亮的可能不會出來。」

「妳都沒想到可能有人在嗎？」

「我有看一下，可是沒想到有人躲起來。以爲只是忘了關燈。我也嚇了一跳。」

雪乃以聽不出任何一絲驚訝的語氣再次按下照明的關關。室內亮了，邑子才總算放了心。感謝電力，感謝文明。邑子雙手盤胸，一句「我說妳啊」瞪著雪乃。和身高一百六十九公分加上七公分高跟鞋的邑子相比，雪乃的視線矮了少說十公分，但仍不見她有絲毫怯意。

「妳是新人吧！與其把莫名其妙的傳聞當眞半夜玩什麼探險遊戲，怎麼不把這些心思用在工作上？」

「三木小姐剛才在做什麼？」

「不用管我。」

「那大家都是下班時間不是嗎？」

被看到醜態的尷尬推波助瀾，邑子厲聲說「不要拿我跟妳混爲一談」。這女生的神經怎麼這麼大條！我又不是來玩的。

「總之——」

趕快回家——邑子正要這麼說的時候，突然停下來。

因爲有一股惡寒沿著脊椎爬上來，彷彿拿冰用力貼在皮膚內側，讓人陣陣哆嗦，於是雞皮疙瘩爆發。那種全身體溫被強制降低的感覺，和感冒截然不同，也無關空調。假如肉體同時停止所有代謝陷入沉默，也許就會這麼冷。

「總之什麼？」

雪乃納悶地問。

「妳都沒感覺嗎？」

牙齒好像就要打顫了。而當天花板的照明開始閃爍時，邑子終於尖叫一聲抱住雪乃。

「三木小姐，妳抖得好厲害。」

「因爲，這種……」

燈光吸氣般消失，然後又像吐氣般亮起，一直重複。如果只是快壞掉，應該不是這樣吧。而且是好幾根並排在天花板上的細長燈管以同樣的頻率忽明忽暗。

「怎麼辦？」

就算想逃跑，膝蓋卻抖個不停不聽使喚。邑子很肯定要是現在被雪乃扔下，自己一定會哭出來。緊緊抓住小自己二十歲的後輩這樣問，卻換來一聲不慍不火的「怎麼辦呢」，邑子都不知道究竟是怕成這樣的自己太膽小，還是雪乃膽子太大。

然後，當漸暗的照明整個變暗時，一陣雪崩般的寒意從背上直奔而下。冷得邑子奇怪呼出來的氣怎麼沒結冰。冷空氣的根源就在近旁，明明不想看，低垂的頭還是自行抬起來。移不開視線。

他就在雪乃後面。

是村雲。即使漆黑一片邑子仍然清楚地知道。明明是村雲沒錯，卻全然不是生前邑子所熟悉的模樣。瘦得只剩一把骨頭，駝著背，怎麼看都是個十足十的老人。以明膠般半透明的質地，無視桌子直接穿過，向前走。腳明明在動卻一點也感覺不出體重，看起來像是在地板上滑動。而且不知爲何，還拉著一個很像附輪子的小推車的東西。

連一根手指都動不了的邑子眼睛眨也不敢眨地注視著，只見村雲到了邑子剛才所在的書櫃，消失了。也許變得更加透明肉眼無法辨識才是正確的形容。與此同時，燈亮了，明明才短短幾分鐘，邑子卻覺得亮得格外刺眼。剛才的寒意像不曾出現過般消退得無影無蹤，汗水從背後、頸項滴下來。應該不是更年期障礙導致的自律神經失調。

「……剛才那個，妳看到沒？」

邑子怯怯地看雪乃，得到明快的回答。

「沒有，什麼都沒看到。」

「不會吧？明明那麼清晰？」

「清晰？什麼東西？」

「……村雲先生。」

一說出十年沒說過的那個名字，就一陣暈眩。爲什麼？爲什麼以那種樣子出現在這種地方？七七明明早就過了。雪乃扶著腳步不穩的邑子，說「我們換個地方吧」帶她去這個樓層一隅的休息區。邑子在休息區的沙發坐下，雙手握住雪乃遞給她熱的寶特瓶裝綠茶，才終於平靜下來。

「謝謝。我再給妳錢。」

「不用了。」

雪乃買了奶茶在她旁邊坐下來，探頭看著邑子問：「三木小姐是靈異體質嗎？」

「不是。我對靈異之類的也沒興趣。」

電視台「鬧鬼」不知爲何是通論（因爲半夜也有人所以會靠過來、被電波吸引而來等眾說紛紜），邑子在這裡也常聽到那類話題，但實際上從來沒遇過。所以，她不敢肯定地說那是她人生首次的「靈異體驗」，但她確實看到了，既不是夢也不是幻覺。

「關於妳剛才看到的村雲先生的鬼魂，我可以問一些問題嗎？」

「妳要問什麼？」

「好比外表是什麼樣子？」

邑子像灌酒般喝了一大口熱綠茶潤喉，喃喃地說「嚇死我了」。

「瘦巴巴的，很老……看起來實在不像才六十出頭。還有，他拉著一個很像推車的東西。」

「好厲害。」

「咦？」

「村雲先生是因爲肺癌過世的吧。聽說退休後突然急速惡化，離不開氧氣瓶。妳不知道嗎？」

「不知道。」

「頭一個看到的女生看到的也是那樣。她是去年進總務部打工的，根本不知道村雲先生去世前的樣子，嚷著說有一個拉著推車的老先生，主播組高層私底下都說『除了村雲先生沒別人了』。」

哦，原來如此。所以中島才會說「唔——」，難以措詞。有人能證明那不是無憑無據的傳聞，但要詳實以告又不是很妥當。

那種不復當年的模樣。一想起來邑子便又渾身顫抖，眼眶都濕了。

「妳在哭嗎？」

虧妳連這種事都敢直接問——邑子心想。

「不行嗎？」

「不會。」

雪乃就此不再追問，但這樣也很尷尬，邑子以「我太震驚了」開了話頭，倒也不是說給雪乃聽，其實是爲了整理自己的情緒。

「人死了以後不是就解脫了嗎？放下身心所有的痛苦、煩惱。像電影演的那樣，回到年輕時與先走一步的情人重逢……」

「我沒死過，所以不知道。」

雪乃說了廢話。

「製造這種虛構故事的人當然也沒有經驗，所以才會編織美夢，想說如果是那樣就好了，不是嗎？」

「是沒錯啦。」

如果美夢終究只能是一場夢，但願死是一種完全消失的救贖。就算不是實體，她也不想看到那個樣子的村雲。他以前體型偏瘦卻不單薄，穿著剪裁精良的訂製西服，對負責造型的工作人員準備的成衣西服不屑一顧。抬頭挺胸，隨時縮小腹，戒不掉菸但幾乎不喝酒，以保養喉嚨。即使如此還是說「不想被拿來跟年輕人比」，上床時房間都要全暗。邑子笑他「跟女生似的」。

——我根本不在乎那些啊。

她是眞的這麼想才說的，但如今才知道自己當時是多麼殘酷又沒神經。說什麼不在乎，問題又不是我在不在乎。

「都已經燒成灰了，卻還拉著氧氣瓶……也太讓人絕望了。」

「那應該就是村雲先生對自己的樣子極爲遺憾吧。不然也可能是還沒發現自己已經死了。不是有很多故事說地縛靈一直自殺嗎？」

「我不知道。」

「剛才村雲先生做了什麼？」

「做什麼……就出來，在書櫃那裡消失而已。」

「村雲先生生前我幾乎沒見過幾次，他常去資料室嗎？」

邑子想了想，回答「不算吧」。

「在棒球季季外或有空的時候，他會偷跑去那裡摸魚，但我想不算經常。」

「那，他爲什麼會出現在那裡呢？」

「不知道。」

向鬼魂要求合理的解釋根本是白費功夫吧？但雪乃一臉認眞地堅持「很奇怪呀」。

「至少沒有在公司裡其他地方看到過。既不是去主播組也不是攝影棚，卻是資料室……妳不覺得奇怪嗎？」

「不覺得。」

邑子自己以爲已經說得很淡漠了，卻被狠狠點出「那三木小姐就不會在這個時間特地跑來了」。

「會不會是那裡有什麼讓村雲先生留戀的東西，幫他解決了，他就能升天了？」

「怎麼幫？」

「這我還不知道。所以，明天也差不多這個時間在資料室集合如何？」

「咦？」

這孩子在說什麼。邑子不禁又去看雪乃，她卻一臉淡定。

「後天也可以哦。」

「不，不是日期的問題，是爲什麼我要來？」

「因爲看樣子我是看不見的。」

「我才不要再看一次那個，妳想玩驅魔遊戲就去找別人。」

「我認爲除了三木小姐沒有別人適任。」

「怎麼可能。」

「因爲，他是妳前男友啊？」

啊啊，終於聽到了。儘管在預料之中，但自己過去品行不端連今年進公司的新人都傳遍了的事實，以及雪乃太過直接的說法，又讓她的頭開始暈。

「那是很久以前的事了。」

「可是，剛才妳不是眼眶泛淚嗎？跟我這種基於好奇的不同。」

「我只是嚇到了。我要回去了。」

邑子站起來，把喝完的寶特瓶丟進垃圾筒。妳知道嗎——雪乃問。

「我想村雲先生現在是迷失了自己，處於被生前的留戀綁住的狀態。要是不處理這樣的鬼魂，有的會吸取人們的惡意變成眞正的惡靈。」

「我才不管那些呢，這都誰在說的？」

「這在靈異界算是常識。」

「假鬼假怪。」

邑子當下加以否定，走向電梯。雪乃說「我等妳」的聲音打在背上。

我是吃飽太閒嗎？大約半夜十二點，穿上運動鞋走著夜路的邑子對自己感到哭笑不得。星期天深夜，星期一黎明前。明明九點就得上班，卻還爲了那種詭異的邀約傻傻出門。上午時，她當然是打算不予理會的。白天獨自待在明亮的房間裡，疑問便會再度在內心湧現：昨晚看到的到底是什麼？夜間的情緒與記憶被陽光一曬就變得模糊。後來到了傍晚，當太陽完全落下，想再次確認的自己就會探出頭來。要是再看到，當然很恐怖。要是沒看到，會安心嗎？會失望嗎？這是對早就斬斷關係的男人（而且是故人）的留戀？好奇？

上了床也心煩意亂睡不著，等到日期更新時，終於起床開始準備出門。上次在資料室應該是一點左右。邑子一邊與夜晚慢跑的人錯身而過，一邊快步走在堂島川畔。架在中之島的橋打了燈，朝水面投射藍色的光。與河岸上蒼白的夜櫻互相輝映，若在平常她應該會駐足欣賞，但由於今天的目的特殊，對那靜謐之美有些戰慄之感。

我等妳——好久沒人跟我講這句話了。

不是美甲沙龍或美容院的「等候您的光臨」，在去除商業元素後仍期待她的出現，這樣的事在邑子的日常生活中還存在嗎？「不被期待」等於「不可靠」，所以就算目的是驅魔，雪乃的話仍令她心頭一震。

話雖如此，照她那我行我素的個性，也很有可能一句「啊，我忘了」放邑子鴿子。要是眞的那樣，認眞發火也很可笑，就當是做了一回深夜健走吧——邑子這樣決定，用力擺動手臂地走。

「辛苦了。」

資料室已經亮了燈，雪乃正在待機。看到邑子也沒有特別高興的樣子。

「妳不覺得我可能不會來嗎？」

「我很有看人的眼光。」

「聽了讓人一點都不開心。」

「我沒有稱讚的意思。」

雖然有點火大，但邑子也覺得雪乃的誠實並不討人厭。

「笠原小姐，妳有沒有帶什麼東西來？鹽啦，符啦，唸珠什麼的……」

「那類用品，外行人亂用反而危險。」

雪乃踐踐地回答。

「這也是『靈異界的常識』？」

「對。」

邑子不禁笑了，但，當那陣使皮膚表面一口氣寒毛倒豎起雞皮疙瘩的異樣惡寒來襲，她的笑容也凍結了。燈光簡直像在倒數什麼似地緩緩變暗又變亮，然後全暗。

「……好像來了喔。」

這次，邑子目擊了出現的那一刹那。黑暗中，村雲如顯影般浮現，和昨天一樣，以令人感覺不到質量的移動方式前往書櫃一角。第二次看還是很恐怖。這是現實的情景。那個人的鬼魂眞的不斷在這裡徘徊。邑子沒有心情感到同情或哀悼，只覺得恐怖。

雪乃打開手機的手電筒。

「一樣在昨晚那個地方嗎？」

見邑子的頭虛脫地上下移動，雪乃這次大聲叫道：

「村雲先生！」

心臟猛然一縮，邑子怕得身體實際發生陣陣刺痛。要是他轉向這邊怎麼辦？要是他因爲光和聲音發現我們，對我們生氣怎麼辦？邑子不懂得靈異界的常識，無法具體想像那之後會如何，因而更加害怕。她抓住雪乃的肩，這回搖頭要雪乃別叫，雪乃卻視而不見。

「村雲先生，這麼晚打擾了，好久不見，我是笠原雪乃。您還記得我嗎？」

雖然覺得村雲的輪廓好像在黑暗裡暈開般模糊了，但沒有什麼反應。似乎正抬頭看書櫃上的書。昨天馬上就消失了，今天卻還在。

「三木小姐，怎麼樣？村雲先生看起來像聽得到嗎？」

沒有——邑子以沙啞的聲音回答。

「是嗎……那，請三木小姐叫叫看。」

「才不要。」

「也許他聽得到三木小姐的聲音呀？」

「不行、我不行啦。」

結果雪乃竟然拉開嗓門喊：「三木邑子小姐在這裡！」用手機的手電筒打光往村雲所在的地方走。今天我一定要單獨逃跑——邑子腦海中認真閃過這個念頭，但她還沒付諸實行，村雲便漸漸變淡，當他連人帶推車化入黑暗中，室內的照明便復原了。

「走了嗎？」

「不要突然叫他好不好！」

「我想直接問他本人最快。他對三木小姐的名字也沒有反應嗎？」

「完全沒有。」

「有沒有雖然聽得到，但不理睬的可能性？」

「我想，應該沒有。這只是我的感覺，不過我看他應該看不到我們。」

「原來如此，也許那個世界和我們這裡的次元有點微妙地錯開。我什麼都沒感覺到，而三木小姐雖然看得到卻無法溝通。」

就算可以，我也絕對不要！——邑子心想。雪乃望著櫃上的書脊，喃喃說著「昨天好像也是在這附近消失的」。

「村雲先生有沒有什麼特別喜歡的書？」

「不知道。我想他看最多最投入的應該是體育報。」

「這裡的書是關於主播技巧、實況轉播的，還有就是體育方面的非小說，所以算是和村雲先生的屬性吻合喔。」

「是比烹飪和時尚流行吻合啦。」

邑子沒好氣地表示同意，雪子便說：「不過，才兩天也看不出來。」

「我們這週就每天都來吧！」

「妳是說叫我也要來？」

妳給我差不多一點——邑子忍不住語氣有些強硬，雪子便直視邑子。

她有一雙貓咪般的大大杏眼。鼻子和嘴唇相形之下便小小巧巧的，這樣的臉蛋，細看的話評價可能會有所分歧。說可愛的確可愛，說像外星人也的確很像。也許她被錄取，就是因爲判定界線的微妙與她獨特的氣質相乘的結果。可是到頭來，受歡迎的女主播都是以可愛型的狸系比較多。光是狐系又個子高，就會被人貼上「看起來好凶」、「好可怕」的標籤。邑子想起了苦澀的記憶。

「昨晚我沒說，」

雪乃說道。

「這有一半算是公司的命令。是機密。」

「蛤？」

「聽說有一位董事，和生前的村雲先生處得很不好，五味先生沒有告訴我名字，但聽說村雲先生過世時他還舉杯慶祝。」

「哦，是常董仙石先生吧，他們兩個水火不容。」

「是嗎？那位董事知道村雲先生出沒嚇壞了，去跟五味部長哭說『你一定要幫忙想辦法』。」

也太蠢了——邑子按了按太陽穴。

「所以，五味部長就找上妳？為什麼？」

「因為我家是寺廟。」

也太隨便。

「那，直接請妳家誦經不就好了嗎？」

「五味部長交代這是極內部的機密，再加上我爸爸完全只是『職業上的僧侶』，不能期待他有靈異能力。我是有問過，但被拒絕了，說是『要是請不走，豈不是臉丟大了』。所以，要辦好這件事需要三木小姐的協助。您願意幫幫我嗎？」

「夠了，不要這樣。」

「拜託，請幫幫我。」

被雪乃這一深深行禮，邑子仰頭看天。

好像是在資料室看著書，就趴在桌上睡著了。

「三木小姐。」

被人搖肩驚醒，趕緊抬頭坐直一看，雪乃就站在旁邊。

「沒關係嗎？兩點就要開部門會議了。」

「咦！現在幾點？」

「一點半。」

「謝謝，好險。」

匆匆吃完中餐來到這裡時是十二點半。主播組和編輯部門不同，並沒有嚴格規定午休時間，但長時間不見人影還是不行。

「噢，幸好只是睡著了。」

「咦？」

「一時之間，我還以爲妳是不是被村雲先生帶走了。」

「別亂講好不好！」

邑子正要說這種玩笑很難笑，卻見雪乃一本正經。

「我是被半夜做一些沒辦法寫在勤務表上的工作搞得睡眠不足。」

「咦，我回家以後就一覺到天亮。」

「我沒辦法那麼容易熟睡。」

我沒妳那麼年輕——邑子嚥下了這句牢騷。從星期一到今天星期五一連五天，深夜都在資料室埋伏。村雲每天都照例出現。鮮明的程度和出現時刻、肉眼可見的時間雖然不盡相同，但一定會在半夜一點左右在特定書櫃附近徘徊。依然是雪乃什麼都感覺不到，只有邑子看得見。可怕歸可怕，但一來不是單獨一人，二來也已經有了心理準備，所以邑子比頭兩天要冷靜多了。邑子怯怯地喊「村雲先生」也沒有反應，雪乃拿手機攝影也拍不到東西。

——這裡果然是有什麼才對。要不要調查一下？

星期三，雪乃這樣提議。

——這裡面的書，也許藏著村雲先生的留戀。

——例如？

——偷藏了私房錢……只是舉例而已，請不要露出那種表情。我想，如果是照片啦，或是偷偷在書裡寫了什麼、劃了線之類的，就可以從中得到一些線索。

——然後呢？

——這裡的書不能借出去對不對，那麼我們找時間一本一本翻。

——一本一本？這裡不止一百本吧？

——我們一人一天一本，一個月就大約四十本，夏天前就可以翻完。

——理所當然就把我給算進去？

——哎，頭都洗一半了嘛。

——是妳硬逼我洗的好不好？

邑子雖然不是百分之百相信雪乃的說法，倒也是午休或有空檔的時候就來翻書。但就算村雲有留戀還是什麼未竟之事，她都完全沒有頭緒，完全如大海撈針，所以睡著也不能怪她。邑子把看了一半的書放回原位，走向會議室路上，「今晚能借用三木小姐一點時間嗎？」雪乃這樣問。

「不是資料室，是下班以後。」

「我想我應該七點可以走。」

「那麼，麻煩留那個時間給我。我想爲明天開作戰會議。」

「明天是星期六啊？」

「啊，埋伏先暫時休息。反正我們已經掌握村雲先生的行動模式了。」

「這次妳又有什麼企圖？」

「這個留到晚上再說。」

她們約在淨正橋附近的居酒屋，邑子對於偏食的雪乃究竟會吃什麼有點好奇，只見她點了「高湯蛋捲、炭燒和牛、白飯和味噌蜆湯」。

「……感覺很定食。」

「對，這些我打算自己吃，三木小姐也請任意點自己喜歡的東西。」

話雖如此，在以分食爲前提的居酒屋一個人也吃不了那麼多樣。邑子決定點海鮮沙拉，只吃青菜和魚貝類。請吃這個——雪乃說著把螢烏賊推過來。

「妳要說，這個我不敢吃，請妳吃。」

「到現在我還是沒辦法接受用這個來強制收錢的制度。店家大可直接收服務費啊。」

兩人的啤酒和烏龍茶送來之後，雪乃若無其事地丟了一顆炸彈。

「我要去找村雲先生的太太。」

「我可不跟妳去。」

邑子差點就失手掉了啤酒杯，總算撐住，斬釘截鐵地說。

「這我無論如何都不去。」

邑子打定主意無論雪乃怎麼死纏爛打都不答應，卻得到乾脆得令人洩氣的一句「我自己去」。

「再怎麼樣我也不會求三木小姐跟我一起去的。不然也太沒常識了吧？」

妳是說到目前爲止的這些都符合常識？

「啊，是嗎……有先跟人家約好嗎？是說，妳去是打算什麼？」

「我請五味部長幫我牽的線。我在面試和餐會上都見過村雲先生，去上香應該不至於不自然。我是希望能夠得到一些關於村雲先生的資訊。而且也許他也會去自己家裡。」

「難道妳要去跟人家說妳先生的鬼魂在公司裡飄來飄去？」

「我就是想請教三木小姐看這方面應該怎麼問，才不會驚動他太太。」

村雲並沒有小孩。夫妻關係如何，邑子一次也沒問過，村雲也沒提過，所以也無從得知。只是，與邑子的外遇曝露之後他們也沒離婚。以絕對不算年輕、但要認命也太早的年齡送走了丈夫才短短幾個月，不知村雲的妻子現在是何心情？不過她也不希望我這種人來揣測吧。

「笠原小姐的家人或親戚當中，有沒有誰已經不在世了？」

「我外祖父。」

「那麼，雖然不是太高明，不過如果用我外祖父也過世了，就算是鬼魂也好，真想再見他一面……這種感覺說說看呢？」

「啊，好主意，很自然。那我就借用了。」

雪乃用筷子把肥厚的高湯蛋捲分成幾塊，從最中間的開始吃。一想到她也許是喜歡把邊邊留著最後吃，就不禁莞爾。剛出大學的新人還很稚嫩，邑子都快可以當她媽了，卻被她牽著鼻子走、拒絕不了她的請託，還這樣面對面吃飯。

邑子深深感到，自己眞的是被捲入一件怪事。一想到是來自村雲的緣分感慨就更深。她將放在餐桌正中央的海鮮沙拉碗拉到面前，也不用小盤分裝便直接吃起來。

「做過新聞採訪，就自然能學會這些採訪的技巧嗎？」

「怎麼可能。」

邑子將鮪魚和生菜一起放進嘴裡。

「說是新聞採訪，我也只跑過經濟線和値班，做的都是一些一點都不重要的採訪。」

「不重要的採訪不會被播出來啊。」

「電視大部分都只會播一些不重要的東西不是嗎？」

結了霜的啤酒杯和裡面的啤酒，涼爽了手和喉嚨和胃。

「什麼新款手機和家電啦、業界年度大展啦……就只是照著新聞稿的內容誇張地喊兩聲『好新奇喔』。而且很多都是公關稿。就是這樣。我待了十年，從來沒做過半件很酷的『新聞採訪記者』的工作。」

也曾經僅僅爲了「有女性在場面比較好看」這個理由，奉命陪同上司參加所謂財經界重鎮或政府高官用餐。上司一說「她以前在大阪是主播哦」，就得被人「哦，難怪這麼漂亮」「有看過有看過」，不然就是「沒看過呢」不懷好意地品頭論足一番。以談話的潤滑油爲名目各種探問。有沒有男朋友？有沒有結婚？有沒有小孩？明明只有痛苦可言，但一過三十五歲，這些事便戛然而止，愕然的同時也很震驚。所以我是被當作方便免費的傳播妹，然後賞味期限一到就沒人要了。

她也曾經試著做企劃。想了單身族群、單親媽媽的苦惱等好幾個運用「女性視角」的主題，提出來試探一下反應如何，比邑子還年輕的女性編輯用短短幾分鐘翻了一下企劃書，委婉地笑著說：

——三木小姐，不用做這種像不在場證明的工作。

邑子自認是花了時間和心血做了研究分析的。但她一句話都不敢反駁，甚至不敢提議修改，將企劃書送進了碎紙機。那個編輯是和同公司的同期結婚生了小孩，雖然休過產假育嬰假，但一直都沒有離開新聞報導這塊，邑子認爲自己沒辦法跟她比。光是想到在她眼裡自己會是什麼樣子，就洩了氣。

「是嗎？」

雪乃的問法聽起來極其天眞無知，邑子便冷冷一句「是啊」帶過。

「笠原小姐，妳這週上了《平常日。Wake Up》嘛。」

「是的。不過只是露個臉而已。」

依慣例，新人研修告一段落後要在平日晨間的生活新知節目中自我介紹。拿著寫有姓名和出身地的紙板，向攝影機行禮說「請多指教！」的雪乃看起來生氣勃勃，邑子心想所以她對外也是能表現出討喜的態度嘛，暗自鬆了一口氣。

「三木小姐以前當過助理主持對不對？」

「按規定第三、四年大概就會輪到，笠原小姐將來也會的。」

比起當時，來賓、內容和背景都變了樣，但也有些地方不變。

「現在主持用的桌子桌腳很細吧？」

「什麼？」

「我去主持那時候，是這麼粗，像把巨型排水管對半縱切的桌子。」

站在那後面讀原稿、與台上來賓對談，是正統的形式。

「內側有格子，可以放資料和原稿，很方便，還有就是雖然不怎麼好看，不過站累了可以偷偷踩一下……但從某個時候開始，就換成只有一根很細的桌腳的高腳桌了。我本來以爲純粹是布景更新的一環，結果不是。」

就連現在回想都會笑出來。每次都笑著把不應該笑的事掩蓋過去。

「是向觀眾做抽樣意見調查，結果很多男性觀眾都反映『想多看女主播的腿』。」

偷偷告訴邑子這件事的導播也說「很好笑吧」顯得莫名愉快。

——不過，這就代表三木的腿很美，很吸引人。總比被人家說不想看要光榮吧？

「……好爛。」

雪乃瞪大了眼睛，然後冒出這句話。

「好意思發表那種『高見』的人爛，別人說什麼就照做的節目組也很爛。」

「我倒覺得那不是唯一的原因。不過，全國性的主要電視台，一早的節目就有四、五個年輕女主播一字排開不是嗎？」

「啊，原來如此……」

入鏡的人越多，鏡頭就能有越多變化，確實是比四、五個中高年男性要來得賞心悅目。可是，花不可能永遠一直盛開。當不會結果的花、不被期待結果的花枯萎了，從花瓶裡被抽掉之後的下場並不會出現在電視上。

邑子沒有得到簡單明瞭的「屬性」。如果結了婚，就有了「主婦」、「雙薪」的立場，生產了就有「母親」的立場，就算離婚，也能夠以「單親媽媽」「失婚人士」得到一定的發言立場。但被貼上「四十多歲單身女性」標籤的樣品，目前的電視產業並不需要。所以她才在漂流。

嚼著淋了沙拉醬的青魽，抱怨「要是我懂得抓魚就好了」。

「釣魚嗎？」

「釣的、捕的都可以，不過，抓到了我也不會殺喔。」

「我想會殺的人很少。」

「也是。」

明天加油哦——邑子說了言不由衷的鼓勵，把啤酒喝完。

收到雪乃「順利結束了」的LINE時，邑子人在梅田。正在和住關西的大學朋友四個人一起喝下午茶。迅速回了「辛苦了」，便立刻收到「三木小姐現在在哪裡？」的回覆。

『如果沒事的話，我想直接報告結果。』

雖然認爲不需要，但下午茶的限時九十分鐘就快到了，在公司裡聽報告也比較耗神，所以邑子便回了「妳能到梅田來嗎？」。

『好的，我從武庫川站過去，大約要二十分鐘。』

對喔，他住武庫川。記得他曾經自豪春天川畔的整排櫻花有多麼壯觀。從來沒有「眞想讓妳也看看」「一起去看吧」這種甜言蜜語。討人厭的傢伙——邑子動了動嘴唇無聲咕噥，發了「再跟妳聯絡」。

「怎麼了，邑子，有急事？」

「不好意思，沒事。時間差不多了喔？」

「眞的耶。一下子就過了。」

現今住在六甲的朋友，一開口就是關西腔。其實所有人都心知肚明，喝茶配蛋糕的九十分鐘，並沒有那麼「一下子」。明明也覺得好像聊不夠，但其實正好。淺淺地、泛泛地聊聊自己的、別人的近況，正好可以轉換心情，反過來要是時間更充裕，就不得不涉入比喝個茶更深的領域。配偶、孩子、照護父母及本身的不適。四十多年的人生累積下來的渣滓，一說起來就沒完沒了。這場茶會爲的並不是互潑這些絕對過濾不掉的渣滓，而是深深地靜靜地沉澱，以暫時保有上層的清澈。以此作爲救急的維修綽綽有餘。就算心裡有再多逐漸腐敗、惡化的問題，自己不想看，也不想讓別人看。

與朋友告別，又進了附近一家咖啡店，告訴雪乃店名，等候。點了濃縮義式咖啡，但剛剛才喝了一整壺紅茶，一肚子都是水。邑子沒去碰那個小小咖啡杯，在靠窗的座位發呆時，手機的 LINE 提醒鈴聲響了。是雪乃吧——邑子毫無準備地打開聊天畫面，便僵住了。

『反正邑子薪水高，一定是覺得單身也能過得很好吧？跟我們的感覺差太多了。實在合不來啊——』

是來自剛剛才一起喝茶的那一群，「啊」地吃了一驚後，罪惡感緩緩湧現。邑子感到過意不去：訊息馬上就顯示爲已讀，對方發現了一定也會很尷尬吧。在誤傳這則訊息之前，一定也還有其他的對話。和別的朋友，或是除了邑子之外的 LINE 群組。

關掉手機畫面放在桌上。好想像上課時睡覺那樣趴下去。原來自己被排擠了——爲了這麼幼稚的人際關係的裂痕而感到受傷，眞是可悲。

感覺差太多，這邑子自己也知道。就是因爲知道，才一直故意不提的。要是老實說「日子好難過喔」，她們一定會覺得「那是什麼貴族的煩惱？」吧？我又從來沒有在金錢方面跟她們炫耀過，到底哪裡有「過得好」哪裡又「合不來」了？

就是因爲連這些都不懂，才被排擠的嗎？

定在那裡盯著深咖啡近黑色的濃縮咖啡平靜的表面時，有人叫「三木小姐」。

「讓妳久等了。」

雪乃用托盤端著一個大馬克杯站在那裡。邑子頓時想把剛剛發生的事一股腦兒說出來，但立刻改變主意：說了也沒用。向我行我素、甚至有點散發出超然氣質的雪乃訴苦說「有人用 LINE 講我壞話」，大概也得不到共鳴，身爲前輩也拉不下這個臉。就像我不了解她們一樣，這女孩一定也無法了解我。她只簡單回了一句辛苦了。

「妳喜歡GURAHURO嗎？」

「沒有特別喜歡。只是剛剛在那邊的洲際酒店喝茶。」

可能是考慮到場合，雪乃一身黑色褲裝和樸素的妝容，看起來像求職中的大學生。邑子再次實際感受到她與大學生相差無幾的年輕。

「櫻花還開著嗎？」

「車站旁的河岸嗎？只剩下一點點。如果盛開一定很壯觀吧。」

「大概吧……結果如何？」

邑子爲了壓抑依然洶湧的情緒這麼問。

「平平靜靜，很順利地上了香。鬼魂的話題只有得到『就是啊』的反應。」

「那，不算是有收穫了。」

「只有一點讓我比較在意。」

雪乃把條裝砂糖沙沙沙地倒進拿鐵裡攪拌。

「村雲先生臨終前，在意識模糊之中，不斷說著『喂，那個到哪裡去了』。」

「只是囈語吧？」

邑子皺起眉頭。

「他在公司裡也常弄丟通行證、打火機什麼的，每次都到處問人。」

——喂，那個到哪裡去了？那個。

那人睽違多年的口頭禪，伴隨著語調鮮明地在耳內抓搔，邑子不禁用力咬牙。

「是的，村雲太太也這麼說，說他總是『那個、那個』的，根本不知道他指的是哪個。」

那句「那個到哪裡去了」正牌妻子一定比邑子多聽了不知多少，她的耳朵是什麼樣子呢？是薄得看得到血管？是耳垂厚厚涼涼的？有如遙想異國般，邑子懷著一種陶醉的心情想像。不是嫉妒，而是單身滲出的淡淡的嚮往。因爲沒有共同生活，才有甜膩的感傷介入的餘地——啊啊，原來就是這些地方嗎，所謂的「感覺差太多」。

「所以，那可能是沒有意義的囈語，也可能是在臨終前還在掛念的東西。」

「可是，並不知道那是什麼對吧？」

「對。」

結果不就是沒有進展嗎。邑子喝了苦到腦門發麻的濃縮咖啡，雙手握住能一手掌握的咖啡杯。

「讓妳失望了？」

「我本來就沒有期待。」

「村雲太太讓我進了村雲先生的書房。」

雪乃說。

「一整面牆都是書架，密密麻麻擺滿了剪貼簿，好驚人。」

「哦，『村雲檔案』嘛。在公司裡也是出了名的。」

無論是體育報，還是一般報紙，凡是有引起他注意的棒球報導，他便會愉快地剪貼。比賽結果、球隊和選手的資料、訪談、短文等一些專欄，無所不剪。他本人的說法是「網路報導看了也記不住」。

「他要找的東西會不會在那裡面？只是他誤會了才會跑到公司。」

「如果是的話，那村雲先生還真迷糊。我也不覺得能在那麼多剪貼簿裡找到。村雲太太笑說守靈的時候好多阪神虎的選手和ＯＢ都來了，很多球迷為了請他們簽名也跟著跑來，挺轟動的。」

「因為他做實況轉播做了很久。」

村雲並不滿足於剪貼。是實實在在消化吸收，變成自己的東西再說出來。給聽眾的影響之深，與那些只照章讀表面資料的截然不同。他絕對不搶鋒頭，襯托解說的來賓，視比賽局勢在絕妙的時機插入自己的看法或小故事，這方面的技巧誰都模仿不來。邑子對棒球一點興趣也沒有，但村雲的轉播在她聽來也是精彩萬分，這位「浪速電視台的實況先生」深受球團與體育部門的信賴。村雲清司求知若渴、虛懷若谷、充滿自信，並且熱愛棒球與主播工作。

「……村雲太太是什麼樣的人？」

「呃，是問有沒有比三木小姐漂亮嗎？」

「不是，我是想聽妳最直接的印象。因爲我沒見過。」

「那，他太太拿菜刀在櫃台大鬧，妳也沒看到？」

「根本沒那回事。」

濃縮咖啡殘留在舌頭上的酸味緩緩散開。雖納悶是誰到處散播那種誇張的場面，但無論是誰都不足爲奇。因爲新聞就應該被大眾消費。

「是嗎？跟我聽說的不一樣呢。」

「到公司來是事實，但並沒有持有凶器……應該啦。」

持有，或許是這個說法太像播新聞，雪乃輕聲笑了。

「所以不是百分之百確定啊。」

「我都說我沒見過她了。我只聽人家說她在櫃台吵著說『叫三木邑子出來！』就被警衛攔住了。」

「哦，怎麼被發現的？」

「徵信社。」

「好像連續劇。她是個很優雅的女士，感覺就是典型的『貴婦』。」

「是嗎？」

假如，假如他和太太離了婚，會和我結婚嗎？一定不會。即使他想，她也會拒絕吧。用橫刀奪愛這種不名譽的標籤（視情況還要加上贍養費）換來年長二十歲以上的男人，肯定馬上就要照護他幫他推輪椅，根本是下下籤——邑子這樣評估過。冒險與已婚者上床，摟住他的背和手臂時，她心裡某處冷靜地考慮：這個人，一下子就會變成老先生了。我自己也一樣，對「賞味期限」精打細算。

從靠窗的位子看得到大馬路的行道樹和北場空地的圍牆。邑子托起腮喃喃說道：

「大阪最後一塊一等地。」

「什麼？」

「這一帶一直被人家這樣叫。」

「哦，好久以前了。從 GURAHURO 蓋好以後就很少聽到了。」

「他說就跟我一樣。」

十一年前，邑子負責傍晚生活新知節目的一個單元（常見的、介紹流行事物或新景點），總主持是村雲。當時他們的關係僅止於會說幾句無關緊要的閒話和工作開會，那天的村雲到底在想什麼？

播放了梅田北場預定建設新商業大樓的VTR，棚內一陣「明明已經有很多購物的地方了」「可是要是能像六本木之丘那樣多時髦呀」的討論之後，邑子還以爲會直接接廣告，不料主持桌的村雲竟把話題扯到在一旁的邑子。

——大阪最後的一等地，大家都認爲高不可攀只敢遠觀不敢出手，一轉眼就過了好幾年……和三木小姐有點像啊。

這當然是事前劇本上沒有的即興發揮，邑子「呃」了一聲不知如何反應。旁邊的資深名嘴立刻輕快地插進來「這算性騷擾唷」，邑子才擠出笑容說「目前徵求買家中」，把場面圓過去。

——我一點也不貴！買到賺到呢。

——會這樣講的女人最可怕了。

——啊！哈哈。

下節目以後，村雲竟厚著臉皮靠過來說「三木，剛才那個玩笑開不得？」。年紀比村雲小的製作人只是苦笑，邑子憤慨地說「當然不行」。

——抱歉抱歉，我一時想到就說了。我請妳吃飯當作陪罪。

邑子很生氣。氣村雲一點都不覺得自己有錯。

然後也氣自己並不是打從心裡生氣。

她有預感，一定會整個人都被吃掉。

「我不太明白那是什麼狀況。」

邑子簡要說了和村雲在一起的經過，雪乃便偏著頭表示不解。

「有什麼好不明白的。」

「因爲，被說了那麼失禮的話怎麼會在一起？」

「有時候就是會。」

「三木小姐，其實妳不是高不可攀，是更像被保護得很好的千金大小姐。因爲身材高眺窈窕又屬於冰山美人，在那之前是不是對那種唐突無禮的男人沒有免疫力？」

被小自己二十歲的小女孩直指痛處，邑子說不出話來。她高中、大學一路都是女校，從事「女主播」這個職業後，接近自己的男人個個都毫不掩飾「想和女主播不必負責任地玩一場」的居心。她和村雲發生關係，就是她對婉拒這些不懷好意的追求感到疲累厭煩的時候。

「然後被太太發現，後來怎麼樣？」

「沒怎麼樣。」

騷動的消息由警衛傳上來，主播部的部長首先下樓。然後用內線下達指示「三木，妳今天先回去，從後門走」，當天晚上邑子就被宣告停職二週，這兩週內就決定將她調到東京。董事群簡單詢問了關係從何時開始，並沒有嚴加責罵，但交代「必須讓事情冷卻下來」。

邑子沒有打電話也沒有發信給村雲。對方也沒有任何聯絡，當然連面都沒見到。只不過，邑子在家發呆期間，村雲也照常做實況和電視的工作。

「我太傻了。」

邑子喃喃地說。

「我以爲大家都是成人了，責任應該是平分的，外遇當然也是。結果並不是，公司想保的就只有他，我只是個隨便放逐到東京也不痛不癢的小咖。浪速電視台引以爲傲的實況先生，根本不是一個年過三十、沒有特別出色的女主播能比的。就連這一點，我也是等到事情明明白白擺在面前我才懂。」

爲什麼要向這女孩抖出這麼久以前的醜事呢？連對朋友，正因爲是朋友，她都不敢說。從不知被人保護的安適也不知決心保護別人的滋味，一個人漂呀漂的，就變得這麼脆弱了？

「三木小姐就這樣算了？」

一進入雪乃那雙大眼睛的射程內，邑子便有種被責怪的感覺。啊啊，這女孩我實在不行。我討厭她。特別是她即使孤身一人仍昂然挺立、不去察言觀色這一點。讓人不懷好意地想著：這種姿態只有年輕可愛的時候才管用啦，好日子一眨眼就過了。等失去那些，妳就知道妳自己有多無力、只憑新鮮感和外貌得到的評價有多空泛了。我那時候年紀還比妳大呢。

「難道我還有別的辦法嗎？」

邑子帶刺反問。

「去跟他們吵要公平處分，去大戰一場嗎？一面承受公司裡的風言風語？沒辦法，我的心沒有妳那麼堅強。」

「我並沒有特別堅強啊。」

「是嗎，那就是我太弱了。」

邑子拿起托盤站起來，放到回收台，然後快步走出去。在南館前的紅綠燈停下來，LINE的通知又來了，明明很怕卻又忍不住不去看，一看，是剛才的朋友傳來的。

『妳看了嗎？一定看了吧，對不起。最近我跟我先生之間有很多問題，我覺得好累，可是邑子卻一點都沒變，還是和以前一樣漂亮……我就發洩在妳身上了。』

邑子好想大叫：怎麼可能沒變！我一樣也很累、很疲倦、很沮喪好不好。我跟妳一樣，想想四十年的車、四十年的房子就知道吧。我甚至連個吵架的對象都沒有。

可是，對方一定不會懂吧。就像邑子不懂「和先生之間有很多問題」一樣。她覺得好麻煩。希望對方明白和想要明白對方，一定永遠沒有相通的時候，都是單向通行的箭頭你指過來我指過去。連跟活著的人都這麼難了，跟鬼魂就更不用說了，絕對不可能。

星期日一早肚子就陣陣作痛，一直到星期一都沒有好。又不是生理期快來了，這讓邑子很鬱悶，但到了這個年紀，全身舒暢沒有半點不對勁的日子反而難得，所以她拖著比平常沉重的腳步去上班，看到主播部的白板上寫著「笠原→商店街出外景」鬆了一口氣。話雖如此，也許覺得尷尬不知該如何面對的只有邑子，照雪乃的個性，大概不當一回事吧。

到了中午腹痛依然沒有減退，邑子沒有食欲，便裝作中午外出用餐直接去資料室。不是去翻書。本來是打算可以不必在意別人眼光趴在桌上休息的，不料一坐下來就聽到說話聲靠近，便閃身躲在後面的書櫃，就是平常村雲會出現的那一區。

「縮印版在哪邊？」

「應該是那邊吧？看，有了。」

是兩個男的，聽起來是來查東西。邑子心裡嘀咕著運氣眞不好，隨手抽了一本眼前的書亂翻。心裡祈禱他們很快就會走，但事與願違，他們兩個東聊西扯，好像一直把書拿下來又放回去。怎麼辦？也許我自行退散比較快。下腹的疼痛越來越厲害了。

「——對了，聽說這裡不太乾淨哦。」

其中一人說道。邑子的手一下子僵住。

「咦，什麼？」

「你不知道？村雲先生會出來。」

「不會吧！」

「眞的，這件事還滿有名的。」

「村雲先生，不是前陣子才剛死嗎。爲什麼？」

「這我哪知道——搞不好是爲了那個喔？」

聽他略帶笑意的聲音，邑子已經料到下一句話會是什麼了。對於人們話中的一絲絲輕蔑，邑子的感應器像羽毛般敏感。可是她既不敢出聲，也不敢動。感應器只會感應、晃動顫抖，一點用處都沒有。

「因爲三木回來了。」

看吧，神準。

「三木？……哦，他們有一腿嘛。你是說，沒來上最後一砲，他死不瞑目？」

「對對對。」

「好可怕的執著啊。」

兩個男的不知道主角就在三、四架書櫃之外，哈哈大笑。他們的聲音一聲聲震動腹部，邑子一手按著肚子，輕輕摩娑，但疼痛一點也沒有減緩。她很焦慮，看樣子不太妙。會是什麼毛病？盲腸？腸胃炎？邑子一一回思週末吃的東西，卻沒有頭緒。

「可是我其實很震驚欸，知道她跟村雲先生外遇的時候。幹嘛偏偏跟那種老頭！好嘔。」

「那你現在可以再挑戰看看啊，她還單身吧？」

「不用了，已經是熟女了。」

「咦，我很可以耶。身體的線條都沒垮掉。」

「衣服沒脫你又知道了。是說，在這邊講這個，村雲先生會不會作怪？」

「哈哈哈！」

放你們一百二十個心。因爲太痛，邑子身體折成く字型，扯動嘴唇笑了。他又看不見我，連聲音也聽不到。不是現在才這樣，從他還活著的時候就是這樣。他根本不管我，選擇保住他一如既往的生活。

這些都不重要，求求你們，別長舌了。快走，別再折磨我了。

神明沒有聽到邑子的祈求，倒是另外有人接收到了。
「不好意思，可不可以請你們不要在公司裡講這些狗屎話？」
用詞不好聽，但雪乃的聲音清澈響亮。彷彿要將這屋裡沉沉的濁氣一掃而空般，充滿了清新的力量與憤怒，讓兩個大男人慌了手腳。
「根本是性騷擾。請和我一起去人資的法務室吧？正好我不知道在哪裡。」
「呃，等等，妳冷靜點。」
「妳是主播部的？」
他們一定露出了諂媚的笑容。將女人的憤怒矮化為「小題大作」，就是要把事情推給生氣的人——只有神經質幼稚又沒度量的人才會生氣——的那種令人作嘔的笑容。別這樣別這樣，歹勢啦，何必生這麼大的氣……邑子不知看過多少次，每次氣力都被削弱幾分，而且一去不回。
「我很冷靜啊，你們才是，講話的時候神智清醒嗎？有夠誇張。」
不行，別用這麼強硬的字眼。越是一本正經提出訴求，傷得越深的永遠都是我們。我不要緊的。一個新進的女主播被認定「開不起玩笑」「麻煩」就完了。

邑子想上前阻止雪乃，但才踏出一步下腹便一陣劇痛，當場蹲下。勉強拿在手上的書掉在地板上，雪乃聽到聲響跑過來。

「三木小姐！妳怎麼了？」

肚子、好痛——邑子勉強才擠出像被大石頭壓住的聲音回答。是不是有人拿螺絲起子在內臟硬鑽？好痛、痛得快死了，可是我沒死過又不知道是不是要死，如果生過小孩是不是就會覺得「跟生小孩比也還好」？冷汗從太陽穴流向眼尾。

「我來叫救護車。」

雪乃這樣宣告，然後立刻拿出手機，對著還在場的那兩個男的下令：「請聯絡警衛，快點！」雖然不想把事情鬧大，但邑子沒有時間也沒有力氣阻止，以嬰兒姿勢蜷縮著倒在地上，然後救護員來了，俐落地將她抬上擔架。

明明痛得以爲永遠都只能在地上打滾，但當她呻吟著被送進醫院接受診察，到了聽醫師說明的時候，疼痛已經舒緩許多。

「是卵巢扭轉。右邊卵巢有一個囊腫，卵巢因爲囊腫的重量發生扭轉才會痛。現在扭轉的情形減輕了，請儘快接受精密檢查。要幫妳預約ＭＲＩ嗎？」

「一定要動手術拿掉嗎？」

「從超音波看起來並沒有那麼大，用藥應該也可以改善，但也有可能是惡性的，必須詳細檢查才能確定。」

惡性，簡單地說就是癌嗎？邑子並沒有太震驚，而是想起了卵巢囊腫……誤傳LINE的那個朋友幾年前就因此動了手術。邑子當時人在東京，便沒去探望，只在她出院後送了一份禮。對她術前的近況報告「用腹腔鏡好像一下子就可以切掉，只要住院一週就好了」，只簡單回了「這樣啊，太好了」。

那時候，我有眞心爲她擔心嗎？我能夠想像她有多痛、多不安嗎？八成是利用在月台等電車的時間、用微波爐熱菜的時間三兩下回了信，便自以爲達到人際往來的門檻了。因為她不是一個人，因為有人可以分擔她的不安，所以自己沒必要多想，便沒有為她多花心思和時間。自己什麼時候變成了這麼小氣的人？

邑子從診療室的床上以每分鐘五公分的速度緩緩爬起來，搖搖晃晃地走出去，在候診室的雪乃便迅速走過來扶她。因為不是一般門診的時間，四周不見人影，電視機也關著。

「還好嗎？」

「嗯……要去繳費……錢和健保卡在公司。」

「別擔心，公司很近，我已經把三木小姐的包包拿來了。」

「謝謝。」

邑子先在長椅上坐下，吁了一口氣，才說：「不好意思呀。」

「哪裡。還會痛吧？先休息一下。」

一隻細細的手臂輕輕搭在背上，很不可思議地，光是這樣邑子就覺得好些了。

「醫生說是卵巢囊腫。」

「要動手術嗎？」

「還不知道。要住院和動手術的話，好像要親人簽文件吧？已經退休無業的父母親可以嗎……」

「要是我可以簽就好了，多少我都簽。不過這方面應該有辦法可以處理，也可以找醫院的輔導員商量，而且我們公司，外表看起來挺健全不是嗎？」

「外表？」

「內部那些下三濫的屎爛性騷擾橫行。」

「妳那個把屎爛掛在嘴上的毛病要改掉。要是上節目的時候說出來怎麼辦？」

「不會的。」

「說得簡單。一個人平時常說的話，會不經意就說出口。」

要改哦——被邑子這樣叮嚀，雪乃毫不掩飾不服氣的神情，拉長了聲音應了一聲「好啦」。

「剛才，有那麼一下子，我以爲搞不好我會直接痛死。」

「還好沒有。」

「現在還不知道。……我那時候就想，有沒有什麼遺憾。有沒有不能留下什麼人自己死掉，有沒有沒做完什麼事不能死，之類的。可是都沒有。」

雖然對父母過意不去，但邑子心中並沒有那麼強烈的「活著」的動機，讓她寧願忍受痛苦也不願死。

「然後啊，我唯一想到的，是草莓。」

「草莓？」

「前天，我不是拿妳出氣以後就走了嗎？」

「咦，原來我被拿來出氣了？好過分。」

見雪乃睜大了眼，邑子反而吃驚。

「妳不知道嗎？我明明那麼明顯話講完就走？」

「我以爲妳大概是想上廁所。」

「什麼啊！」

邑子笑出來，因爲肚子痛，眞的是捧著肚子笑的。

「妳這孩子眞的很奇怪。我現在肚子很痛，不要逗我笑啦。」

「請不要笑，好好反省。」

邑子模仿剛才的雪乃拉長聲音說「好啦」。試著用孩子氣的口吻說話挺好玩的。

「我順便去了阪急的百貨地下樓，衝動之下買了草莓。裝在木盒子裡要價五千圓的。亮晶晶紅豔豔的，好漂亮，看到的那一刻就無論如何都想要。因爲捨不得馬上吃掉，那天晚上只是看著就滿足了。」

然後第二天一早身體就不太舒服不想吃，所以那一盒草莓就原封不動地放在家裡。

「我很後悔，早知道就不要在那裡捨不得，買的當天吃了就好了。一個人在家裡，吃著好高貴的草莓，要是沒那麼好吃，就自言自語說『虧大了』……這樣也不錯啊，應該要隨興任意一點的。」

雪乃點點頭，但聽她回應的「要是酸的話，也可以拿去做果醬或醃起來嘛」，實在很難說她究竟有多理解邑子的心情。

「村雲先生的留戀，也許就和三木小姐的草莓一樣，是一件小事也不一定。」

「要是能問本人就好了。」

繳費的時候，邑子發現包包裡塞了一本書。一本硬皮的運動紀實報導，不是邑子的。

「咦，這個，是我在資料室拿在手裡的書？」

「啊，不好意思，應該是那時候太急太慌，就一起帶來了。我拿去還。」

「沒關係，我去還。」

邑子隨手翻開書想把垂掛在外面的線籤夾好，結果一個東西飄然落下。

「嗯？」

從地上撿起來一看，是洋芋片附贈的棒球選手卡。上面是就連邑子也認得的廣島鯉魚隊的衣笠祥雄。她與雪乃對望一眼。

「……會不會，就是這個？」雪乃說。

「可是，他不是鯉魚迷，是熱血虎黨。」

「這很難說哦。」

雪乃或許是因爲亢奮，難得以高了好幾度的聲音大抒己見：

「會不會是在大阪又在和阪神虎隊關係密切的電視台當體育主播，不敢說他其實喜歡鯉魚隊？對公司的人、對太太、對三木小姐都保密。妳看這張卡，已經很舊了。也許他平常都隨身帶著，自己私下偷看，卻因爲一時不巧夾在這本書裡就忘了放到哪裡去了。」

工作上關係密切的球團與個人支持的隊伍不同，實屬無奈。只要別在轉播時被看出來就沒有大礙，但如果村雲的敬業精神連在私底下透露都不許呢？

——喂，那個，到哪裡去了？

一張薄薄的、四角開始剝落的贈品。你眞的是爲了找這個四處飄盪？我的草莓，你的職棒卡，如此微不足道的秘密。

「得去確認才行。」邑子說。

今天就算了啦——雪乃這樣阻止，但邑子說自己不要緊說服了她，在半夜集合。下腹部還持續陣陣作痛，但疼痛的程度還可以忍耐。原來卵巢在這個地方啊。邑子隔著衣服摸了摸。如果檢查結果不理想必須整個摘除，那麼不要說生孩子，連卵子都沒有了……還在想像的階段她既不難過也不失落。但是，如果說出自己既不難過也不失落，會遭到責怪嗎？還是會受到同情？

「眞的不要緊嗎？」

比邑子還早來的雪乃問。

「我可不要叫兩次救護車哦。」

「這次我自己叫。」

一開始是被雪乃拖著不情不願，現在卻是邑子推著雪乃，想想還眞好笑。

「先不管那個，要是給他看了這張卡他還是沒注意到怎麼辦？」

「我還準備了秘密武器。」

雪乃莫名自信地掛保證。

「什麼秘密武器？」

「用的時候就會知道了。」

「但願不必用到。」

邑子低頭看手裡的卡。如果這是正確答案，村雲升天去了，到時候自己會怎麼想呢？她不了解自己，不了解別人，也不了解鬼魂。可是她還活著。這是千眞萬確的。

空氣突然變冷。室內不規則地忽明忽暗，不久便整個暗下來。這一週觀察下來的村雲出現的規則，今晚也沒變。邑子用自己的手機照亮書櫃一角，確認半透明的村雲緩緩靠近，然後大聲說：

「村雲先生，你在找東西嗎？是不是在找這個？」

村雲弓起削瘦的背，以脖子以上突出去的姿勢望著書脊不動。看來他依舊聽不見。

「喏，你看看啊。」

把卡片朝著他拿出去，伸長的手應該碰到村雲的側臉才對，卻沒有碰到東西的感覺，只有手腕以下像被冰霧覆蓋般覺得更冷而已。邑子身子一顫，往後退。

「三木小姐，妳還好嗎？」

「嗯……不過好像還是不行，他根本聽不見。」

邑子咬住嘴唇。

「村雲先生。」

她再次很有勇氣毅然決然地叫道。

「你爲什麼在這裡？你不說沒有人懂。」

飄浮於陰陽之間的身體像熱浪般晃動，但即使如此，村雲和邑子的頻道還是不合。「村雲先生！」邑子喊也似地叫。

「你要一直待在這裡嚇唬無關的人嗎？聽我的聲音、聽我說話呀！一次就好，拜託你聽一下。喂，我叫你呀。拜託，告訴我。」

邑子並沒有自以爲自己對這個男人來說很特別，但單向通行得這麼絕對還是讓人不甘心。就連死了還要傷害我——一這麼想，過去的事全都一股腦兒湧上來，忍不住大罵：「死了還不肯走！」

「不要那副窮酸樣到處亂晃，看是要去天國，還是地獄快去啊！」

聽聽我。看看我。注意我。我還不想死心。我想知道你留戀的是什麼。

雖然為時已晚，但我想了解你。

我想幫你。

「三木小姐，太激動對身體不好。」

「我沒事……喏，妳的『秘密武器』是——」

正要回頭看雪乃時，一個很大的音量響遍室內。

『打擊出去——！』

由於最近的經驗，邑子對一些出其不意的狀況已經有了一些免疫力，但還是嚇得差點腿軟。聲音是來自雪乃的手機。

『球飛、還在飛、還在飛，在甲子園的夜空劃出一道彩虹，終點是……落入爆滿的觀眾席！大逆轉的滿壘再見全壘打！甲子園歡聲雷動，啊啊，真希望這歡聲能持續到天明……』

是村雲的聲音，他主播時代的實況轉播。這八成就是「秘密武器」了。

再次轉向村雲，他頭一次不再看書櫃，而是看著邑子。只有村雲是略微模糊的，表情看不清楚，但可以看出是愣住了。彷彿是在說：咦，妳怎麼會在這裡。

只聽得到自己的聲音？這人真是連死了都令人生氣。

邑子以手勢要雪乃掉關聲音，在悄然無聲的室內與村雲對峙。但她並沒有對他說任何話，而是默默遞出衣笠的卡片，村雲便笑了。唯有這一點邑子非常清楚。變得全白的頭髮，鼻子上插著與氧氣瓶相連的鼻管，臉瘦得像用雕刻刀削過，衰弱得沒有一點過往的影子。可是，笑容卻和以前一樣。「剛才那個玩笑，開不得？」帶著仍是與他這樣問邑子時一樣的、壞壞的卻又令人無法討厭的笑容，一聲不響地透過背景，消失了。室內的燈光回來了。

「……三木小姐。」

雪乃輕聲叫道。

「怎麼樣了？」

消失了——邑子回答。話一出口的那一瞬間，就變成確信。雖然不知道所謂「升天」指的是什麼，但村雲已經完全從這個世上消失了。彷彿膝關節的螺絲脫落一般，邑子頹然脫力，當場蹲下來。雪乃趕緊跑過來。

「肚子痛嗎？」

「不是。」

一搖頭，淚滴就從眼眶散落。

「他不見了……眞的不見了……」

村雲清司死了。在邑子活著的世界再怎麼找都找不到了。與彼此都活著不見、不能見截然不同的離別的沉重，此時此刻，才頭一次壓過來。

怨恨。嫉妒。後悔。可是，卻喜歡。我的確喜歡過你。你沒對我說過，也沒問過我，所以我也沒說。即使會被你嗤之以鼻而受傷，當初也應該大膽說出來的。如果十年前流下了這些淚，自己會有所不同嗎？

雪乃的手在背上輕輕撫摸。邑子痛哭得幾乎要把心肺都嘔出來。像個年幼的孩子似地「哇啊——」把悲傷吐出來。

結果，我都沒看到村雲先生。

在休息區的沙發上，雪乃低聲說。

「不過剛才有像這樣咻……的，好像有什麼東西沒有了的感覺。人家說人在死去的瞬間體重會減輕二十一公克，眞的就是那麼微小的變化。」

「妳要怎麼跟五味先生說？」

「說都解決了就好了吧？」

因爲不知睽違多少年（搞不好是出生後頭一次）痛哭的反彈，邑子累癱了。兩腿邋遢地伸出去，結果雪乃也做了同樣的姿勢。

「進公司前，和村雲先生吃午餐的時候，他問我『想做什麼樣的工作？』，我就說『旁白』。我家是寺廟，會定期爲附近的小朋友說故事，可是我去說的時候反應都不太好。」

「我可以想像。」

「什麼意思？不過，總之，我是希望能有機會學習一些技巧。後來趁著五味部長去上廁所，村雲先生悄悄告訴我：『旁白的話，三木特別出色，妳可以參考一下』。」

「咦？」

「他說『就算是長段，三木的語速和聲調都不會亂』，還說『她現在在東京，不過很快就會回來了』。」

邑子不禁坐正了看雪乃，只見她在笑。

「所以，我一直很期待可以和三木小姐共事。」

「他從來沒這樣跟我說過。」

「很常見啊，不會當面誇獎人的男人。明明這樣，私底下還一副我最了解不可一世的。」

「眞想讓他本人聽聽看。」

「很遺憾，已經升天去了。」

「大概吧。」

邑子也笑了，呼了一口長氣，把頭靠在雪乃肩上。

「升天以後，會去哪裡？」

「『無』。」

雪乃說得斬釘截鐵。

「妳是寺廟的女兒吧，沒有輪迴轉生的想法嗎？」

「想到又要重新來過，不覺得很討厭嗎？像營養午餐那些……」

「別講得那麼小裡小氣的。」

「那講個格局大的，變成星星。」

也太隨便——邑子傻眼，腦海裡卻也浮現了大阪車站影城的紅色大星星。本來應該再也沒有機會見面了，卻能夠送你到好遠好遠的地方。我可以在心頭燃起小小的、淡淡的滿足嗎？可以用來照亮我視爲黑歷史的這十年來的黑暗嗎？

「對了，那張卡呢？」

「不知道。沒有掉在地上。應該是拿走了吧？我睏了。」

「睡一下吧。然後我們再去吃早餐。福島天滿宮那邊的烏龍麵店七點就開了。」

「妳推薦什麼？」

「熱的烏龍湯麵加肉片、雞蛋天婦羅、竹輪天婦羅。」

「一早我吃不下那麼多。」

等天亮——雪乃這句話對單純的未來毫無疑問。再幾個鐘頭天就亮了。他不在了，而我還在的早晨。許久未有的、天亮時不是一個人的早晨。

一手提著裝有要給報導樓層和主播部的糕點的紙袋，在門口的全身鏡最後一次檢查儀容時，邑子收到LINE。是朋友發的。

『早。今天開始上班吧？體力減退的程度會比自己以爲的還要嚴重，記得別逞強！』

邑子回了「謝謝。那我出門了。」做了一個大大的深呼吸，然後開了門。才一週不見，上班路上的行道樹便滿樹綠油油的嫩葉。春天已經結束了。

在電視台入口和中島遇個正著。

「喔喔，三木，今天回來上班嗎？」

「早安，給大家添麻煩了。」

「哪裡的話。身體要不要緊？」

「沒事，所幸是良性。動了腹腔鏡手術很快就拿出來了。」

「太好了太好了。」

「我會頑強地活下去的。」

接著，略加猶豫之後，邑子趁著決心還沒有軟化前在梯廳前開口：

「那個，中島先生，除了純新聞，我也想再挑戰看看比較長的影片或紀錄片的旁白。我的主播資歷有很長的空白，所以可能很難，但我會努力從發聲練習從頭來，能不能請你考慮一下？」

本以爲人很好的中島會爲難，沒想到他竟回答：「不用考慮，非常歡迎。」

「能夠拜託三木，我高興都來不及了。那夏天終戰特輯的企劃，可不可以拜託妳？」

「眞的嗎？」

「來得正好啊。三木過了十年聲音更好了。」

「是老了，聲音也老了。」

「不，不是，應該說是少了稜角，多了一份成熟吧，和酒一樣，越陳越香，這可是年輕一輩沒有的武器。三木是了不起的專家。」

「……謝謝。」

邑子深深行了一禮，中島喊著「別這樣，很害羞欸」逃進電梯裡。邑子想鍛鍊住院時僵化的身體，爬樓梯來到六樓的主播部，這回在走廊上看到雪乃。

「早啊！笠原小姐，好久不見。」

但雪乃卻一言不發地大步走來，像是要撞倒邑子般整個人靠上來。

「咦，怎麼了，我剛出院欸。」

「三木小姐。」

怎麼辦？——雪乃的聲音幾不可聞。

「我今天要頭一次上午間新聞。」

「是嗎？恭喜妳。」

「一點都不恭喜。」

「怎麼會呢？」

「因爲，我好怕。」

「咦，難不成妳會緊張？」

「會啊，一定的啊。三木小姐，妳怎麼能一臉稀鬆平常地上主播台啊。」

「我倒是覺得跟妖魔鬼怪比一點也不可怕。」

「怕什麼每個人都不一樣啊。怎麼辦？新聞直播的時候，請在桌子底下握著我的手。」

「妳胡說什麼啊。」

一雙微微顫抖的手握住邑子的手。是嗎？會害怕啊！也難怪，第一次嘛。對邑子而言枯燥無聊的例行公事，在雪乃則是未知的舞台。要是吃螺絲怎麼辦？要是聲音破了、聲調不對、和畫面合不起來——種種不安都不能顯露出來，必須鎮定地面向攝影機。

即使是只會搞砸、挫折和洩氣的那些日子，也有人給予肯定。即使是這樣的自己，也有後輩倚靠自己。邑子說聲「別擔心」。

「別擔心，加油，我會看著妳的。」

這也是對自己說的話。今後，我也會繼續漂流。多半還是會一再地在風浪中載浮載沉，漫無目的地漂流吧。但是，也許在當中，我會發現現有的地圖上沒有的、一片新的大海。只要還活著，就懷著這個期待吧。

砂嵐に星屑

夏

泥船的寬限期。

現在腦子裡除了啤酒無法思考任何事情。

晚上還有些涼意，所以最好是戶外的啤酒花園。如果用的是冰得透涼、結了密密的霜的厚實啤酒杯就更好了。有人說冰得太涼就喝不出啤酒的味道，誰管那種高論啊！先是握住啤酒杯的手一陣冰涼，再來是抵住杯緣的嘴唇一陣冰涼，然後當期待已久的刺激從綿密的泡泡底下湧入，頓時滿口冰涼。吞嚥時的提神醒腦令全身為之一顫，咕嘟一聲送進食道、送進胃裡，噗哈！暢快吐氣，擦掉上嘴唇上無聲蒸發的泡泡——這不是什麼遠大的夢想，只是一介勞工小小的樂趣，但對此刻的中島卻有如沙漠彼方的綠洲。

遇到紅燈停下來，喘口氣抬起頭，只見視線盡頭聳立著水泥高架橋。在這傢伙腳邊爬也似地走了也將近兩個鐘頭了——應該吧。步行數、正確的現在時刻、剩下的距離都不得而知，只知道距離公司還很遠。暫停是可以稍事休息，但腳步一停就立刻噴汗，汗水從耳後、背上毫不客氣地流下來，感覺很不舒服。等他大汗淋漓地到了公司，年輕女同事可能會不留情面地皺起眉頭嫌「好臭！」。不，那些都不重要，只要能去到有冷氣的地方就好。電梯，到時候應該已經在運作了吧。要是走了這麼久還要爬十二樓，真的會要命。

綠燈亮了。暫停後重啓的第一步，總是格外沉重。

今年的梅雨來得比往年早。在入梅約兩週後的星期一早晨，比鬧鐘設定的八點早了二分的七點五十八分，中島因床左右搖晃的感覺赫然驚醒。躺著掃視室內，寢室一角的立燈拉繩也正舞動般搖晃。所以並不是自己睡昏了頭。

醒來後他仍舊躺在床上不敢動。四周沒有可能會倒下的家具，怕是怕動的那一瞬間好像會天搖地動。妻子應該在隔著一扇門的廚房裡做早餐，但沒聽見什麼聲響。中島全身呈水平，那種好像在平底鍋上被慢慢搖動的感覺逼出了他的冷汗。震度有三……不，四吧？就算這裡是十五樓會晃得更厲害，也還是滿大的。中島的腦海裡閃過兩次大地震和前年的地震[3]。那種的千萬不要再來了——他直覺地想。過去曾慘遭災難的人們一定也受夠了。他覺得只要定住不動，搖晃就會鳴金收兵潛入地底深處，於是屏住氣息。拜託別再搖了，別再搖了……。當然他也知道這種祈禱沒有用。

時間上應該不到一分鐘。搖晃停了，彷彿地底下有人睡醒翻個身又再度睡著似的，即使如此中島仍深怕會站不穩，惴惴不安地起床，走出寢室。

「喂，香枝，沒事吧？」

「早啊，一早就好嚇人喔。」

妻子看來並沒有受到什麼驚嚇，抱怨著「星期一一早就這樣，眞討厭」去玄關附近的女兒房間看狀況。中島打開電視，轉到ＮＨＫ。說來說去，發生災害時，可靠的還是公共電視台，而非自家電視台。主播正在播報地震新聞。最大震度接近六，震央在大阪府北部。影響範圍雖不大，仍發生了一些人爲災情。中島看著畫面，發了「平安無事，現在去公司」到公司的LINE群組。同樣的對話框不斷冒出來。目前沒看到有同仁受傷。

「明里，妳沒事吧？我進去囉……還問呢，有地震呀！剛才很晃，妳都沒感覺？這麼大竟然搖不醒妳，我女兒眞不簡單。」

妻子確認女兒平安之後，打開玄關的門，檢查門窗是否歪斜，遠比中島機靈多了。只聽她與同一時間來到外面的隔壁太太熱鬧地聊起來。

——好嚇人喔。

——就是啊！大阪很少這麼晃的。

——可是啊，以前我老公調到東京的時候，時不時就會晃一下呢。

——想到阪神淡路大震災就怕。震災那時候你們住哪？

——哦，震災那時候我們正好在東京，所以沒遇到。

——哦。對了，聽說電梯停了。

——咦——！怎麼辦？我跟生協訂了東西耶！

——不知道什麼時候才會好。

中島簡單洗個臉，刮了鬍子換上西裝。和鄰居結束一回合的閒聊回來的

3. 此處的兩次大地震指的是1995年的阪神大地震、2011年的311大地震，前年（2016年）的是熊本地震，文中發生的是2018年的大阪地震。

妻子問：「要吃飯嗎？」

「不了，我得馬上出門。視狀況也有可能暫時不能回來。」

「這麼嚴重？」

「現在還不知道，但我們平常人手就不夠了。」

雖然這把年紀已經不會被派去做最前線的轉播或實地採訪，但公司裡一定也會需要後勤支援和負責聯絡的人。

「電車照常嗎？要不要叫計程車？」

「我先去車站看看。最慘可能要用走的。」

正在玄關繫運動鞋的鞋帶時，香枝把兩個用保鮮膜包好的飯糰塞進他的背包。

「喂。」

「肚子空空會昏倒的。」

「我可沒有那個閒功夫慢慢吃。」

「飯糰可以邊走邊吃呀。」

「年紀一大把的歐吉桑還邊走邊吃，多丟人啊。」

「很像山下清很可愛呀。好了，路上小心。」

中島被妻子隨口幾句話打發著出了門，雖然一度回頭看明里的房間，但門沒開，裡面一點聲響都沒有。

光是小跑著來到大樓的一樓對身體就是不小的負擔，中島差點就腿軟。爲了擁有遠眺六甲的景觀而選了頂樓也許不是個好主意。地震對策「謹愼」優先於「堅固」的傾向一年強過一年，總覺得現在變成「一有什麼先停再說」。當然這麼做是對的。凡是有生命的物種，懂得保命最重要——可是卻又想盡辦法要啓動核電廠，這是哪門子矛盾？擦擦很快便從太陽穴上冒出來的汗想著這些，覺得自己的想法好記者啊，自己想著自己感到害羞。

來到最近的阪神電車西宮站，電車果然停駛了。並沒有發生外在可見的損傷，但在軌道安全檢查完畢前都會停駛。公車站和計程車招呼站都排了長長的人龍，儘管早在預料之中，中島還是嘆了一口氣。當然誰都不希望發生嚴重的災情，但是，人們在不確定狀況是否嚴重到社會生活暫停時，仍會先去上班上學，而交通機構在不確定狀況是否輕微到不影響正常運行時，都會先做出停駛的判斷。於是便呈現「快步走」與「停看聽」同時存在的黃燈狀態。

中島拿手機從好幾個角度對著車站前擁擠的人群拍照以備不時之需，卻在鏡頭裡看到一張熟悉的臉。那人正在小小畫面裡向他揮手。

「喂，不要亂搶鏡啦。」

中島放下手機抗議，市岡毫無反省之色地笑著說「習慣嘛」。

「這下傷腦筋了，電車果然停了。ＪＲ和阪急都沒得搭了。」

「要一起坐計程車嗎？」

「隊排得這麼長，就算等半天坐到車子也一定大塞。要是卡在高速公路上動彈不得，豈不是慘上加慘。」

「那，結果還是用走的最實在。」

「沒錯。一旦出事，文明是很脆弱的。」

這個從以前便有些淡然物外、令人難以捉摸的同期，在這種非常時刻依舊不改本色。

「我查了一下地圖，到公司大約十七公里，預估三個半小時左右會到。」

「才在嫌文明的人倒是很會用文明的利器嘛。」

那個時間和距離對五十二歲的肉體會造成什麼程度的影響，不走走看不知道。比半馬還短——想是這麼想，但實際上他連二十公里都沒走過。總之站在這裡也不是辦法，於是他在 LINE 群組發了「中島和市岡要徒步上班」便出發了。

「我們就慢慢走吧。要是太衝用跑的，跑到一半昏倒，反而給人添麻煩。」

「你還能說得這麼悠哉？我就算了，你可是新聞部次長欸。」

「編輯的實務工作才多吧。」

「下面的人不用靠我也會把事情做好。像我這種坐等退休的歐吉桑，少一個也不會怎樣……」

「自虐哦。」

「年紀到了啊。」

「也是。松井現在一定很慶幸他已經退了吧。」

「就是啊。」

中島想起和上個月月底離職的同期最後一起喝酒的那一晚。他說以後要靠管理手上的房產和資產來過日子，那種願景對中島而言像夢一般不切實際。

——我不到三十歲就決定，我才不要做這麼操的工作做到屆齡退休。

——現在提早退休會不會太早了點？每天不會太閒嗎？

——不會不會。一早起來盯股票，上午打掃公寓、修理什麼的，中午出去外面吃。我已經跟老婆說好不用幫我準備中餐了。退休的老公白天待在家裡最討人厭了。

同席的主播三木邑子雖然單身，但也猛點頭，所以一定沒錯吧。

——在河原町那邊解決中餐，去書店或美術館逛逛，去河邊散散步，再去健身房流個汗泡個按摩浴缸，隨便閒聊一下天就黑了，時間一下就過了。

中島也只能喔喔附和。明明不是驚人豪華或出塵絕世，但那樣的生活還是離中島的現實很遙遠。

——眞是悠遊自在呀，懂投資的人就是不一樣。

邑子大表佩服，松井卻搖頭說「沒有的事」。

——雷曼兄弟那時候，我眞的曾經想一脖子吊死算了。

輕描淡寫的語氣反而令人寫實地想像起金錢世界的慘酷，中島感到不寒而慄。比千言萬語更令他明確地感到自己終究做不到。

「松井嘛，還有高濱也回城崎說要繼承家裡的旅館，御子柴是去老婆娘家北海道務農，本浪好像也說想去鄉下晴耕雨讀是不是？」

市岡屈指細數這一年離開公司的同期。

「最近好多啊。」

「嗯。」

本來有三十多個的同期，如今在的不知道還有沒有二十個。有的是趁年輕速速轉行、有的是弄壞身體不得不辭職，原因不一而足，但跨過五十歲這道檻後，空缺就變得很明顯。原因很簡單，公司加碼退休金力推提早退休。是要在明顯成爲夕陽產業的媒體業撐到六十歲，還是要在此時另覓轉機？

「這個年紀眞的備受考驗啊。」

「大概就像要從泥船裡逃出來的老鼠吧。」中島回答。

「中島不逃嗎？」

「要逃也不知道逃去哪裡。」

兩人沿著高架橋粗大的橋墩走。平日這個時間電車頻繁來去，帶來巨響的同時振動灰色的水泥，此刻卻靜悄悄的，更加突顯了冰冷的無機質。

「女兒也才大二，冒險或隱居都不用想。」

「喔喔，明里妹妹也這麼大了啊，總覺得她才剛出生啊。」

「你也未免太誇張了。」

是啊，明里出生時，是市岡向同期收禮金幫忙張羅種種嬰兒用品的。外表看不出是個重義重情的人，其實爲人處世細心周到又長於機變，不斷高升成了新聞部次長，卻一點架子也沒有。所以中島從不曾因爲「同期卻是上司」這種微妙的關係而感到尷尬。

「明里妹妹好不好？」

「好是好，只是最近連看都不看她老爸一眼。」

「正是青春叛逆的年紀嘛。過了就好了。」

「天知道呢。……如果有像你這樣的爸爸，大概會處得很好吧。」

中島不經意說出這句話之後，自己也深信不疑。要是自己有市岡的冷靜，也許就不會和明里吵那場架，還一直冷戰到如今。

「說什麼呢！」

冷不防被拿來當例子的市岡愣住了。

「中島當然是個溫和穩重的好爸爸啊！」

「遲鈍了點就是了。」

「喂喂喂，別這樣，五十歲的男人自虐自嘲一點都不好笑，只是悲哀而已。」

背上被輕輕拍了一下。回過神來，西宮的下一站今津站就在眼前。呃，還有多少站啊？久壽川、甲子園、鳴尾、武庫川、尼崎中央泳池前、出屋敷……中島不禁心生厭煩。到公司所在的福島站，就算搭慢車也只要三十多分鐘，轉乘特急或急行便不到二十分鐘，所以總有很近的錯覺，但西宮位在兵庫，福島則是大阪，根本是跨縣市。

即使如此兩個人邊聊邊走還可以分散注意力，但一到今津站，市岡就提議「我們在這裡分頭走吧」。中島不禁漏氣地「咦咦！」了好大一聲。

「不能保證接下來不會再來一次大的，還是避免一下一起遇難的風險吧。我們至少要有一個能確實抵達公司。像小朋友手牽手上廁所那樣去上班也不太好吧。」

「啊啊……也對。」

市岡對中島消極的同意不以爲意，說聲「那我走了，一起加油！」便要繞到鐵路的另一邊。

「啊，喂，市岡，你吃過早飯沒？」

「沒有，我跟老婆早上都只喝咖啡。」

「平常就算了，但今天沒吃會累死。」

中島從背包裡拿出一個保鮮膜包好的飯糰，勸道：

「不嫌棄的話，找個地方吃吧。裡面包的不是梅子，就是鱈魚子。不過要是你不吃別人家的飯糰，也不用勉強。」

市岡雖顯得有些驚訝，仍說聲「多謝」收下了。

落了單的中島爲了激勵自己，出聲說「走吧」邁出腳步。雖然是陰天，但天色明亮，隔著雲層也感覺得到太陽，而且悶熱。應該帶毛巾，而不是手帕的。

被高架貫穿的住宅區平平無奇，即使當作散步路線也很無聊。LINE群組不斷跳出工作方面的聯絡，但不在場的中島沒有什麼能做的。頂多就是傳一個可能可以臨時進棚錄傍晚新聞的專家名字。

『前年也請過的K大的防災學教授如何？他常上電視，對鏡頭談話沒有問題。共享檔案的來賓檔裡應該有他的聯絡資料。』

訊息轉眼就被新的對話框沖走。不過，已經有幾個已讀，應該沒問題吧。中島邊走邊反芻市岡剛才說的「手牽手上廁所」。好好的大人沒人作伴就無法採取行動當然可恥，但，中島這輩子基本上過的都是從善如流的人生，不記得有哪一次是自己作主做出決斷。

老家是東大阪市一家再平常也不過的下町定食屋。味噌鯖魚、煎餃、漢堡排都沒什麼特別值得褒貶之處，味道普普通通不好不壞，附近小工廠的員工午休時間來吃定食，下班後來喝個啤酒配點下酒菜。心中牢牢記著父母隨著油價上漲、當年米歉收等世間物價變動，時喜時憂地斤斤計較的身影。父親老把「開店不是人做的，操心勞煩個沒完，不划算」掛在嘴上，時不時勸兒子「大學畢業去當公務員，不然就去不愁吃穿的大企業上班」。在操心的另一面，沒客人的日子也能享受大白天便大喝店裡的瓶裝啤酒、攤開體育報聽收音機播賽馬實況轉播的自由，但在父親眼裡似乎「去上班」才安泰。中島也不記得自己以「哪有那麼好」反彈過。

當他如父親所願成爲上班族時，以爲不用再迷惘而安心，不料如今身邊的人紛紛展開「尋找自我」之類的舉動，自己也忍不住像隻從巢穴裡放出來的老鼠般東張西望。他並沒有特別想離開這裡去做的事、也沒有非要留在這裡做的事。明明也不是現在才這樣，卻感到再一次被迫面對自己是個淺薄無聊的人的事實。

即使是這般幾乎讓胃隱隱作痛的思考也不是沒有好處，至少在沉思期間走了不少路。想一想，自己從來沒有機會好好思索自己的過去和未來。每天忙忙碌碌，光是應付例行公事和突發狀況，日子就每天、每週、每月、每年地轉瞬即過，隨著年紀增長更是變本加厲。只是，像這樣再怎麼思索，也不可能突然就打開第二人生的展望。雖然沒什麼好得意的，但出社會三十年，他沒有任何發現。

終於經過甲子園了。當初公司不知是哪裡搞錯竟然派他到體育部負責轉播，那時他一天到晚往甲子園跑，現在已久未涉足。比賽結束後照例以「反省會」的名目與實況轉播的村雲和解說的退休職棒選手一起到球場附近的居酒屋喝酒，一週有好幾天從甲子園搭計程車回東大阪，被上司吼「計程車費比你的薪水還高！」。不然是要我怎樣——懷著這樣的心情不情不願地在甲子園附近找出租公寓，找上的那家房仲公司的內勤人員就是現在的妻子，所以人的緣分是在哪裡怎麼串起來的，真的沒人知道。現在甲子園四周整理得很漂亮，站前還有時髦的阪神周邊商品專賣店，但阪神樂園也收掉變成LaLaport了。

背包沉沉地勒進肩頭，中島換了一邊背。腳底開始感到疲倦了。路程還很遙遠。街景和人看起來都和平常沒有兩樣，但電車依然還沒復駛。在前一站久壽川站縮進高速道路下的鐵軌，又出現在高架之上。仰望林立的橋墩，只會沿著軌道走的人生有何不可？中島忍不住賭氣這麼想。不，問題就在於鐵軌並不是沒有盡頭。也可能路突然沒了，在地面空出一個大洞。這年頭可沒那麼簡單。

雖然上司會吼會罵，但以前計程車劵都很大方到處撒，也不會因爲沒有上限的加班費被叫去唸。公司裡理所當然地有「不清楚做什麼工作的前輩」，中午才來上班，在交誼廳抽兩個鐘頭的菸，好不悠閒自在。他們身上感覺不到「被冷凍等退休」的悲哀，四周也沒有誰產生疑問。不僅是自己公司，大概是整個社會都「算了，不管他」這類包容隨便的餘裕吧。媒體工作在緊迫高壓的同時，悠閒安適也毫不矛盾地存在。週休二日、男女僱用機會均等法、勞動方式改革。這些軌道都是爲了打造完美的世界所鋪設的，但大家眞的都朝著更好的方向前進了嗎——……不，一定是老不死的懷舊。一定會被笑說，跟景氣還好的時代比有什麼用。

心中不禁閃過卑微之念，因爲在接近鳴尾站的時候，與附近武庫川女子大學通稱「武庫女」的女學生擦身而過。這讓中島想到兩年都沒有好好說過話的女兒，不由自主地緊張起來。鳴尾的車站也因高架化剛完成大規模的改建，以帆船爲意象的車站建築和漂亮的廣場已不見老舊鳴尾的影子。不僅如此，連站名據說都會改成「鳴尾・武庫川女子大前」。反正當地居民一定會照講「鳴尾」，但走在車站四周，明明應該沒什麼感情卻有一絲淡淡的落寞，覺得脫胎換骨變美的鳴尾棄自己而去。

「阪神間」總給人時髦上流人士的印象，但中島很喜歡外圍那些什麼都沒有的土地上紛亂的生活感。從上下班的車窗看著彷彿停止更新的最後一片昭和街景，都會鬆一口氣。對於逐漸老去的身體隨波逐流地走去的未來，中島心中沒有希望只有恐懼。每當眼睜睜看著累積了同樣多歲月的同事們仍有所追求而離去，這樣的心情就更強烈。市岡現在走到哪裡了呢？

說起來，他本來就不是強烈希望進入媒體。努力念書進了還不錯的公立大學，等就職活動開始便買了《會社四季報》不設限地到處找薪水好的地方。「不被定型的生活方式」這類文宣對他一點魅力也沒有。但他也不會加以否定，只不過是很自然地認爲「我應該沒辦法」。

當時正值那個白痴般瘋狂喧騰而如今令人抬不起頭來的「泡沫時代」，不愁沒有工作。中島之所以從手上的銀行、證券、商社等牌裡選了「電視台」，眞的沒有特別的原因。關鍵頂多就是面試的人事負責人感覺不錯。搞不好現在也可能是銀行員——雖然試著想過卻無法想像。當時沒去的銀行早就被大銀行併購，不復存在。

政治冷感就政治冷感，若說有什麼希望，就是能在群體中毫不起眼風平浪靜地過日子，如此而已。領導人和特異分子不好當，他甚至慶幸自己不是高唱多元、創意的二十一世紀年輕人。

要是走得太慢晚別人太多也太丟臉。中島再一次打起精神，加快腳步。

但一看到背著釣竿的老先生叮鈴鈴輕快地按著鈴騎著腳踏車，一股氣便又餒了。釣魚啊，對喔，這裡都叫作「鳴尾濱」了，離海很近。能釣到什麼呢？左邊阪神本線，右邊阪神高速神戶線，被這兩大條路左右包夾，雖不用擔心迷路卻單調無聊。要是能走在海邊，起碼興致也會高昂一點吧。

當兵庫醫科大的建築進入眼簾，武庫川站就不遠了。中島突然覺得肚子餓，但實在不敢邊走邊吃，便繞到路邊的公園，站著吃了飯糰。要是坐下來，疲勞反而會一擁而上，讓他懶得站起來。飯糰裡包的是梅乾，當酸味滲透到全身，便深深感到好吃。中島感謝妻子堅持要自己帶來，甚至後悔分了一個給市岡。而吃完東西頓時意識到口也渴了，便決定過了武庫川就去買飲料。從預防熱傷害的觀點來看，應該立刻補充水分才對，但如果不自己設定一個向前走的期待，只怕無法維持動力。中島想像著大口暢飲冰水的喜悅，走向下一個車站。

武庫川車站位於河上。正確地說，是月台設在跨河的橋上，河對岸便不再是西宮市，而是尼崎市了。順著馬路爬上坡，沿著武庫川鋪設的阪神武庫川線的鐵軌就在眼前。平常通勤時並沒有特別留意車站位於橋梁這罕見的建築構造，但隔著一道圍牆與月台並行過河倒是挺新鮮的經驗。過去經常氾濫的武庫川水面呈現淡淡的泥水色，平靜無波。設計了草地、松林的步道上也可見悠閒散步的人影。頭上毫無遮蔽物的中島停下腳步，仰望天上的雲，深呼吸。掠過水面而來的風微微冷卻並撫慰了冒汗的皮膚。

抵達河對岸的尼崎市時，中島頗有成就感。但行程大概連一半都還沒消化完。頭一件事是尋找掛在自己鼻子前的紅蘿蔔，也就是水，朝他看到的一台自動販賣機走過去，從包包裡拿出手機要使用電子支付的時候——

中島啊！地叫了一聲。不知是連指尖都累了呢，還是因爲手汗濕滑，小小的文明利器從他手中滑落，發出咔的硬質聲響，掉在柏油路面上。趕緊撿起來一看，液晶螢幕出現裂痕，一片黑色的沉寂。試了好幾次重新開機，但手機完全不亮，什麼反應都沒有。喂，不會吧。因爲不願意增加重量體積，中島沒有裝手機殼，都是以裸機的狀態帶在身上，但原來這樣一點小小的衝擊就會讓手機壞掉嗎？保固是怎麼規定的？如果要重買。香枝一定會很生氣吧，不對，現在最重要的是無法跟公司聯絡。

手機上沾到的細沙濕濕地黏在手上，刺刺的。雖然完全是自己不小心，中島卻忍不住想抱怨。一早就鞭打這具老皮囊趕路，卻還遭遇這種對待。

倒也不是什麼天崩地裂讓人再也無法振作的不幸。若在平常，只是「啊啊，失手了」就帶過的小小失誤，但此刻的中島卻覺得好像墜入無底的黑暗陷阱。所謂令人灰心喪志的挫折，發生的時機的影響力遠勝於傷口的大小。中島自認爲個性並沒有特別悲觀，但面對如此突如其來的霉運，他忍不住想：

我的餘生，只怕連半點好事都不會有了。

這出其不意的絕望有如大片的雲從頭頂上掠過時落下的陰影，當然立刻就消失了。一旦忙著工作，吃吃喝喝，一夜好眠，便會連曾被這種想法困住都拋諸腦後。但是，陰影化爲影子，化爲黑暗，擦不掉漆黑的污漬而殺了自己或殺了別人的例子恐怕也不是沒有。不像過河有明確的分界，外表上活得安穩平順的中島，與電視天天報導的不尋常的登場人物比鄰而居。黑與白之間存在著無限的灰色漸層。緊緊抓住「報導」這個偉大的工作的一個小角落，讓中島開始這麼認爲。

啊啊，一點幹勁都沒有了，全都算了好了。用錢包裡的零錢買了水，轉眼就把五百毫升的寶特瓶一飲而盡。這要是酒該有多痛快。對，既然都聯絡不上了，不如乾脆找一家早上就開的店喝他個一杯十杯好了。少我一個人工作也一樣會進行。我又不是市岡，又沒什麼地方需要我。我既無法指揮若定，又不是敏捷機動的軍隊，唯有年紀高人一等的中間主管對組織而言形同贅肉。有自覺有才能有自尊的人都懂得自動切割，才不會死賴著不走。

反觀自己，一味地讓公司鬆散、長出肥肉。低頭看不知不覺間溢出來掛在皮帶上的肥肚，委實感到丟人。就算夢想從泥船脫身，也不可能付諸實行。在感嘆自己的膽小的同時，中島再度將幾枚硬幣投進自動販賣機，不知哪裡不對，有一枚十圓硬幣直接被吐了出來。試了幾次都不行，只好用千圓鈔，於是找零的百圓硬幣和十圓硬幣嘩啦啦地堆在小小的退幣口。連自動販賣機都瞧我不起？被零錢塞得鼓鼓的錢包感覺像壓泡菜的石頭一樣沉。

第二瓶水留下一半多，拿來冰鎮著頸項和額頭開始走。雖然是陰天，但感覺氣溫確實比早上高了。中島猶豫著是不是先聯絡手機壞掉一事，但又不知道電話號碼。名片夾一直都在公司的辦公桌裡，又覺得打到查號台請人轉接到總機太誇張，而且也許也還不到查號台的上班時間。

在有手機之前，明明都會把常用的五、六個電話儲存在腦子裡的，豈料一回神已經全部被刪除，連新聞部的號碼都不記得。一直到現在，對於不記得的危機意識也都很淡薄。是因爲記憶和思考全都發包給手機的關係呢，還是老化導致的衰退？

——妳懂什麼！

想忘掉的事卻老是忘不掉，不斷在腦海裡回響。明里呢？從那天以來，在話也不說、視線也不相對的女兒心中有什麼樣的心結，中島甚至無法想像。

抵達尼崎中央泳池前站，當初年幼的女兒不知道這是賽艇會場而央求「帶我去游泳池」的模樣忽然重回眼前，中島不禁莞爾，但一從甜蜜的回憶回到現在便夾雜苦味。眞希望她永遠都不要長大。站前有一個大大的招牌寫「蓬川溫泉」，要是能立刻脫掉衣服撲通一聲跳進浴池該有多爽快——中島不知長進，忍不住沉溺於逃避現實。手機壞了以後連現在是幾點幾分都不知道，但離家恐怕早已超過一個小時。要是能走在那上面應該會比較輕鬆吧，他看著高架這麼想。就像電影那樣，在無人的鐵軌上無止境地……不，只怕反而會因爲單調更厭煩。只能一個勁兒沿著鐵軌，數著枕木，沒完沒了地走。

沿著路走，來到一座美輪美奐的公園。儘管沒有停下來賞花的心情，總比冷冷清清的風景好。側眼看著穿著運動服努力做伸展操的老人家，爬上樓梯之後又是河，橋上掛著「琴浦橋」的牌子。河寬約二十到三十公尺吧，雖然沒有武庫川大，但規模也足以令人感到河是一道分界，此岸與彼岸是不同的世界。都說大阪是河川之都，兵庫也是，不如說，人們本來就會聚集在有水的地方。公司和家之間到底有多少條河流過、注入海裡呢？天天搭電車來來去去，卻從沒想過。明明處處都建設了堅固的橋梁，往來極爲方便，但像現在這樣徒步過河，心中竟泛起一絲無可挽回的心情，好像留下了什麼重要的東西，一旦過了河到對岸，就再也拿不回來了。

寶特瓶裡的水一下子就不涼，無法勝任冷卻劑的工作。混著汗水的水滴從脖子流經背後不斷濡濕實在讓人很不舒服。疲勞像污泥般從腳尖開始累積，每走一步，就在膝蓋那邊嘩啦啦搖曳著。等累積到心臟或喉嚨的時候，會怎麼樣？手帕用來擦拭全身流出來的汗也早已溼透，現在是拿一個濕透的東西去按在另一個濕透的東西上。他大可進便利商店買條毛巾，但現在要是繞到有空調的地方，渾身的力氣可能就會被吸走。

中島只知道將腳一步、一步地向前移。他只求遠遠望見的紅綠燈和建築不知不覺來到眼前，下一個車站也進入視野。明明朝著公司走得這麼拚命，但去了公司要做什麼想做什麼，他毫無頭緒。只要揮汗邁開沉重的腳，至少步伐多大就從現在的座標移動多少——這微乎其微的踏實感是推動他的唯一動力。

抬頭一看，出屋敷車站建築嵌著如棋盤方格般的玻璃反射出陰沉沉的天空。這樣總算到了第七個站了。有一半了吧。接下來才總算是尼崎，然後是大物、杭瀨、千船、姬島、淀川、野田……在腦海裡屈指數一數，中島差點洩氣。還好遠啊。車站前，好大一家不知是龍宮城還是韓國風，總之設計風格獨特的燒肉店吸引了他的目光。肉，肉，眞好。說到肉，就不能沒有啤酒。腦子裡除了啤酒就沒有別的了。看到「歡迎來到阪神渚回廊！」的立牌，可見大阪還很遙遠。庄下川、左門殿川……什麼時候才能過淀川到達大阪市福島區？

等到光榮成爲自由之身，餘生就要喝他個夠。管他什麼醣類、什麼普林！對了，TK佐佐妹說想去啤酒花園。今晚要是她在就找她去好了。上次同事大家一起去喝酒是什麼時候？中島邊經過「830m 阪神尼崎站」的標誌邊回想，是上上週。還不算很久。那天香枝說要去找朋友晚上不在家。和明里兩個人單獨在家太悶，中島基於這個很沒用的動機，便在新聞直播結束時隨口問聲「要不要去喝一杯」，去了JR 環狀線福島站高架下的店。大家碰杯乾杯之後，晚五年的後輩報導記者緩緩這樣開口：

——唉，我啊，終於被兒子嫌了，「霉體」。

中島不知該說什麼才好。在場的所有人大概也都一樣。在稍微交換眼神之後，由中島代表般說了句「辛苦了」。只有TK佐佐妹，就是計時員佐佐結花，大聲以「咦——！」抗議。

——太過分了吧。您兒子幾歲？

——十歲。

除了結花以外的人都嘆氣說，那個年紀漸漸懂事了啊。他們這個世代無法想像沒有手機和社群網路的生活，這個工作要讓他們喜歡才叫難。任誰都這麼認爲死了心。就像中島這個世代的人聽到 YouTuber 就皺眉，中島的孩子那個世代的對媒體大爲反感——明里也一樣。

——我們也沒辦法啊，是吧。

——又沒做什麼值得驕傲的工作，同行三不五時出的紕漏裡又有很多太離譜的，也難怪啦。

啃著餐前小菜毛豆，消極的話就像毛豆從豆莢裡蹦出來似地從每個人的嘴裡蹦出來。「記者」這號專業人士在電視、雜誌上走路有風，但在場的人都不是。

——咦——！別這麼自虐啦。

就連結花幫忙講好話，中島內心也覺得煩。沒關係，沒關係。我們這些人，是有些該被社會大眾當作垃圾的地方。

——可是，無論哪家公司都有壞人或怪人呀。又不是只有在媒體工作的人才特別怪。

——因爲我們跟一般的公司不一樣。

中島把點菜交給後輩，舉起喝了一半的啤酒杯說教。

——舉例來說，啤酒公司的人當小偷和報導這件事的人當小偷就是兩回事。平常專找別人碴的人，自己就不能犯錯。就算做不到清廉潔白，也一定要遵守社會的法律和規範。

當然，中島進公司時並沒有這樣的認知。比中島年長十多歲的前輩在憶當年時曾說「像我們那時候，要是敢說要進電視台是會氣死父母的」，便是來自於黎明期的偷雞摸狗、最盛期的肆無忌憚、到現在衰退期則是明明落伍卻耀武揚威的形象。如果在進來之前就知道他會怎麼做呢？會去辭退內定時拚命慰留他的那家證券公司，還是去那家如今一手扛起丸之內開發的商社？

綜合生魚片送來後，結花大概還是不能接受，揚言「要是我的小孩膽敢對我先生說這種話，他就死定了」。

——中島先生的孩子總不會這樣說你吧？你不是有個女兒嗎？

——什麼叫總不會啊？

——因爲，中島先生絕對是個好爸爸呀！你是標準的大好人。

中島心想，這實在不算誇獎啊。

——人啊，私底下會有什麼言行舉止誰都不知道哦。

然後苦笑著結束這個話題。是啊，誰知道呢。就連中島自己，也沒想到那時候會說出那種話，明里也一樣吧。有生以來頭一次被父親大聲斥責，睜大的眼睛像水面那樣起了漣漪，盈盈晃動。即使到了現在，回想起來胃也一陣刺痛，但他不知道自己後不後悔。我眞的認爲早知道就不要說了嗎？

前往尼崎的路半道上變成石板路，來到寺廟很多的一區。也可以看到朱色的三重塔了。中島對「尼崎」這個地方的印象只有龍蛇混雜的舊市區，因此這對他而言是個意外的發現，同時也對自己毫不了解鄰近市區的無知感到羞恥。還有「寺町區」的時髦立牌，可見很有名。街道閒靜，要不是站前聳立著超高層公寓大廈，說是京都或奈良某處他可能都會相信。寺廟入口張貼著眾所熟悉的人生格言之類的話語，在「你在看嗎？不是手機是人心」的社會啓發海報旁是這句：

『有多少人無法做想做的事就死去？』

中島也到了現實中該意識到死亡的年紀，頓時心驚停下腳步，但立刻又覺得不對。是「有多少人不知道自己想做什麼事就死去」才對。有想做的事和沒有想做的事，到底哪一個比較幸福？他活到現在一直沒有什麼夢想，所以也不用嘗到夢想破滅的苦。順勢進了電視台，雖然沒有找到能全心投入的目標，但也沒有去不了希望部門的不甘與離去的遺憾。雖然沒有成爲什麼專家，但無論被調到哪裡人際關係上都沒有出過問題，工作好歹都能達到平均分數。就這樣過了三十年。一個靠著時代的寬容睡眼惺忪地活了一輩子的大叔——他這麼想，並非自嘲。

走過高樓大廈與車站之間穿過尼崎站，直接爬坡而上，就能看到大型施工現場的灰色圍幕。裡面是預定今年十一月完成的尼崎城的復原天守。是啊，尼崎本來是城下町，有那番寺町風情是當然的嘛。明治時期被廢的城，由家電量販店的創始人投入多達十二億圓的私人財產將天守復原，贈予尼崎市——這段插曲新聞報導過好幾次，因此中島也知道。所以那位創始人是還在世時便做了「想做的事」。規格太龐大，不是公司同期那種可以比較的對象。有錢的人眞的很有錢啊——中島只有普通得不能再普通的平凡感想。

……不過，沒問題嗎？但願沒有被早上的地震震壞或有人受傷。城堡、地震，這兩個加在一起，中島聯想到的是兩年前發生的大地震。覆蓋著黝黑發亮的美麗瓦片的城堡嚴重損壞。中島並沒有親眼見到，但看了好幾次影片。無人機逼近剝落的屋瓦，拍到崩塌的石牆。只不過，要是拿來和復原以後的複製品比較，人家可能會生氣。

要過銘刻爲「庄下橋」的橋了。可以清楚看見河對岸的城址公園和施工中的城堡，開放之後應該會是熱門景點。要是明里再小一點，中島也許會提議「一起去看看吧」，但他不認爲一個二十歲的女子大學生會對尼崎城感興趣。對了，最後一次全家一起出門是什麼時候？因爲工作太忙無暇顧及家庭——他並沒有這種狀況，教學參觀、開學典禮、畢業典禮等學校活動，他都安排好班表時不時出席。時間上比起只能休週末的上班族有彈性得多。女兒對父親也沒有極端反感的時期，在「學習脫離父母」的範圍內慢慢拉開距離。就是在他覺得父女關係達到對彼此而言都適當的距離穩定下來的時候吧，便發生了那場爭執。

汗水流入眼睛，很刺激。中島停下來，用同樣滿是汗水的手去擦，突然間腳邊聲響轟然大作，視野模糊。

來了——他心想。地震來了。

中島的腦海瞬間回到兩年前。

前年六月，他在熊本。黃金週過後，與四月熊本發生地震便即刻駐留現場的先遣隊交班，以商務飯店爲據點，四處奔走了一個月。很久沒有到陌生的遠方長期採訪，精神上和肉體上都很吃力。每天每天，都要豎起天線搜尋題材，自己也在爲餘震提心吊膽中到處打聽消息，回傳材料和原稿。想著會不會被播出也沒有用，總之先拍下眼前發生的事——當時的日子便是這樣忙得暈頭轉向。還在混亂時期時，曾惹出報導車在加油站大排長龍的隊伍插隊、囤便當等批判，因此他非常小心避免給當地造成困擾。感覺災情嚴重的益城町一帶似乎已採訪到無可採訪，便從震央將範圍拉遠，於是明白了地震的影響實在太過廣泛。地面突然猛力往上一頂，破壞、橫掃、吞沒。也看到許多人們面臨那突如其來而又強大無比的暴力，除了毅然挺立外別無選擇。

總算完成任務，筋疲力盡地回到家，許久沒有一家圍著餐桌吃飯的那天晚上，女兒的一句話讓累得幾乎邊吃飯邊打盹的中島像當頭潑了一盆冷水般清醒過來。

——推特上有人很生氣，說採訪直升機的聲音太吵，讓搜索活動難以進行。爸，這樣不行啦。

中島心臟都凍結了。緊接著沸騰、爆炸。

——妳懂什麼！

他將筷子往餐桌上一拍，站起來。

——哪裡的搜索活動受到哪些具體的影響、困擾到誰？那個人是站在什麼立場、憑哪些證據說話！什麼推特，根本不知道求證的辛苦就不負責任地亂放話！

孩子的爸——香枝這樣開口安撫的時候已經太遲了。女兒的眼睛越睜越大，露出彷彿正面遭受重大背叛的神情，立刻別過頭，離座逃進房間。喊了聲明里卻不深究的妻子長長地嘆了一口氣。

——你又何必吼她……。

中島默默扒飯。是啊，何必吼她呢。明里一定是等著他像平常那樣溫吞說聲「傷腦筋啊」的反應。就算要反駁，也只要冷靜地說就行了。可是中島無論如何都無法忍耐。

豈不是太過分了嗎！他感到懊惱、不中用。若說這就是工作、飯碗，也太簡單暴力，但中島可是日日夜夜都和採訪小組促膝絞盡腦汁。該把什麼訊息傳遞出去、該怎麼做才能幫助熊本的人？對當事者而言事情根本無所謂鮮度可言，但距離發生時間越久，作爲報導的「吸睛度」就會下降。更何況是在這資訊氾濫的時代。爲了不要讓觀眾忘了熊本、爲了讓觀眾想起熊本，他們能做什麼？採訪時遇見的災民全都張開雙手歡迎他們：大家都只會介紹災情嚴重的地方，請告訴外縣市我們還缺很多東西、很多情況急需改善……就算只是碰巧運氣好，但這是中島聽到的「當地人的心聲」。他們也建立起相當深入的關係，還有人願意接受半年、一年後的後續採訪。能牽起這樣的緣分，正是在第一線流汗的意義——他感到許久未有的成就感。

他只覺得，短短一句話就把他那一個月整個推翻了。

彷彿膝窩被頂似地脫了力，中島在剛上橋的地方垮下來。一輛拉著大車斗的卡車從旁疾馳而過。

「嗚哇，嚇人吶！」

「我還以為又地震了，原來只是橋晃了。」

「不不不，搞不好大的還沒來呢。吶，熊本那時候就是這樣啊，一個鬆懈大的就……喂，這位小哥，你不要緊吧？」

走在對側的兩位老先生靠到中島這邊來。

「啊，沒事，不好意思，我嚇了一跳。」

明明只是大型車輛經過而已，卻因爲專心想事情毫無防備而被嚇到。眞丟臉──他急著站起來卻腳步踉蹌。頭暈。原來要支撐自己的體重是如此艱難的苦行？

「喂，你人不舒服嗎？」

「小哥，你一身汗欸。」

中島會被叫作小哥的年代早已過去，但這兩位大概是對十幾歲到六十幾歲的人都泛稱「小哥」「小姐」的那種人吧。中島連解釋只是他健走一下的氣力都沒有，只是一再重複「我沒事」，便想快步離開，但速度實在快不起來。倚著欄干吁吁喘氣，整個人缺氧。老先生們說「去那邊坐一下」，扶著中島的肩膀帶他去城址公園的長椅。兩人都頭髮花白，精神矍鑠，穿著釣客愛穿的那種口袋很多的背心。中島鬆了一口氣，心想：啊啊，這正是我印象中的尼崎啊。白天便在這一帶閒晃，家庭成謎，看起來不有錢卻也不像窮困潦倒……是大阪和這一帶老街常見的老人家類型。

「小哥，你剛哭了對不對？」

「呃，沒有。」

只是汗流進眼睛——正要這樣解釋時，另一個已經以「這種話不能講啦」糾正他。不是的。

「每個人都有苦衷啦，是不是。在這裡休息一下再繼續努力，只要身體健康，總會有辦法的，留得青山在，不怕沒柴燒嘛。總之，先休息一下。」

說完，只見他在八個左右的口袋裡到處翻找，然後從其中一個取出一小包糖果塞在中島手裡。

「那我們要走了，真的不行就別逞強，要去醫院。」留下這句話，便雙雙站起來走了。

「不過，健康才是最難的。你知道我血壓多少嗎？」

「我不想知道，別害我連菸都抽不香。」

「我們去打小鋼珠吧！」「我現在沒錢。」他們倆你一句我一句的背影，和嬉鬧著「我們去柑仔店」的小學生沒兩樣。

中島不禁想問，你們曾有想做的事嗎？實現了嗎？後來還有別的想做的事嗎？但一定只會被一句「小哥胡說什麼呢」一笑置之吧——用不著那些大志向，只要身體健康總會有辦法的。中島打開糖果包裝。雖然因爲天氣熱變得黏黏的，但竟然沒有融化。以前的糖果品質差，馬上就會變得像口香糖那樣軟糊糊的。心裡當然也會想：你現在還有心情悠哉吃糖？但既然人生的前輩給了忠告，再不休息一下搞不好眞的會路倒。星形的黃色糖果，是檸檬的味道。他用舌尖探尋圓圓的五個角。

暫時解除負擔的腳底緩緩釋放疼痛。當糖果的糖分在嘴裡擴散開來，便感覺得出全身細胞都歡欣雀躍。中島以實際體驗而非理論感受到卡路里是能量而甜味是快樂。他鬆了一口氣。疲勞、焦慮和無奈同時縮小，那一瞬間的安心在他心中製造了一個空隙，這次是眞的好想哭。用力咬緊牙關，仰望天空。我坂本九[4]嗎我，有什麼好哭的。一個中年男子走得累癱了被路過的老先生親切相待而流淚，算哪一齣。

閉上眼睛，讓糖果在嘴裡滾動。隔著雲，隔著眼皮，感受六月的光。能本六月的光是什麼樣子來著？氣溫高低？空氣是什麼味道？明明時不時有格外鮮明的記憶，卻想不起這些[4]。

中島心中有愧。阪神淡路大地震時，他擔任東京分公司的廣播業務，什麼忙都幫不上。沒有被叫回去，只能乾著急時，東京發生了地下鐵沙林事件這樁空前大案，關西地震的消息轉眼就被蓋過。當大家閒聊時問起「大地震時你在幹嘛？」而他回答「被公司派去東京」時，總是感到內疚。明明身在大阪的電視台，卻沒有體驗過阪神淡路大地震的恐怖，安然度過，那種占了天大的便宜的虧欠揮之不去。沒有人責怪他，即使老實招認得到的反應也多半是「那也不能怪你啊」。正因如此，他一直不提，讓罪惡感一直梗在心裡。這

4. 坂本九為日本著名歌手，其代表作《昂首向前走》的頭兩句歌詞便是「昂首向前走，別讓眼淚流下來」。

同時也是他不願別人提起、不願別人諒解的心事。

東日本大地震時出差也沒有派到他，所以當公司要他去熊本的時候，他心想終於輪到我了。雖然無法償還自行在一九九五年背起的債，但可以還些利息讓心情輕鬆一點也不錯。

女兒自然無從得知父親這番心事，自己爲了她隨口一句玩笑話就破口大罵實在沒道理，中島理智上雖然理解卻無法坦然道歉，隨著日子一天天過去，修復關係的機會越來越難尋，於是在冷戰狀態下過了整整兩年。雖然期待第三方，也就是妻子的調停，但香枝主張「溝通好歹要自己來」，不肯插手。

中島想像：

萬一，今天早上的地震強大得多，是會死人的那種，那我是不是就會懷著無法對明里道歉的遺憾告別人世？

想做的事沒能做就死去。那未必見得是遠大的人生夢想或目標，也可能是想喝的啤酒、等著下折扣再下手的衣服鞋子、留在硬碟裡想晚點再看的連續劇、想和誰說的一句其實不算特別的話。和絕望一樣，每一個人的希望的大小也不是他人來決定的。小小的船載少少的貨。失去主人的船乘載著無法實現的願望，會流向何方？

遠遠地，上方傳來類似拍翅膀的聲音。

中島不禁咬碎在嘴裡縮小的糖果睜開眼。與閉上眼時一片灰的景色相去無幾的天空中，出現了一架直升機的機影。看不出是哪一家公司的，但一定是電視台的直升機。

你們在啊。中島站起來，大大揮舞雙手，向空中那些想必正睜大眼睛、四處搜尋有無在空中才能看見的亮點的同行致意。被譏爲妨礙民眾的直升機噪音，讓中島恢復了氣力。

尾槳反射了雲縫間洩出的陽光，閃了一閃。也許只有中島看見的，一瞬之光。飄渺夢幻得無法作爲路標的，白天的星星。

喂——！加油啊！也許別人會說很多不中聽的話，但老人家說，只要身體健康，無不可爲。我也會繼續努力的。

好！雙手在膝上一拍，邁出步子，步伐比之前更大。爲什麼要去？連想都不必想。因爲公司有工作，因爲大家都在工作。無論明天如何，此時此刻我都死守著這艘泥船。這夥人裡沒有什麼了不起的「大記者」，被罵霉體也無言以對，只會傻笑，但大家也一定和中島一樣有說不出口的後悔和痛楚，因爲他們的工作就是親眼看見別人的後悔和痛楚，而這些也確實積累在已告別泥船的那些人心中。

互相取暖，互舔傷口，就太噁心了。他們是靠別人的不幸吃飯的，由不得他們感傷。只能被波浪翻弄著、冒著水花，悽慘地各自划槳。糖果全部融化了。但星星酸甜的餘韻，仍給了中島力量。

過了大物站、經過一座大公園旁邊來到杭瀨站，再離開，過了左門殿川，看到「西淀川區佃三丁目」的住址門牌時，中島差點舉雙手高喊萬歲。到大阪市內了，終於到大阪市內了。縱貫了被左門殿川與中島川包夾成島的農田，過了千船站，阪神高速三號神戶線便與鐵軌並行。無論怎麼走，街頭都與平常一樣沒有任何異狀，快要從現實中迷失、懷疑我到底爲什麼在走的時候，頭頂上直升機的聲音又將他拉回來。

啊啊，那應該就是十三大橋了。現在一定大塞特塞。有時候明知道會塞，但有些事就是得開車去辦啊！即使是今天這樣的日子人們也必須出門，日子真的不容易啊。

當比武庫川寬上好幾倍的淀川出現在眼前時，中島獨自笑了，一邊緩緩走過搭電車只要噹噹、噹噹搖個幾秒鐘的距離。時而瞌睡，時而喝醉，時而鬱憤不安，至今我過了多少次淀川呢？以後還要再過多少次？體力已接近極限，但不可思議地，隨著腳步一步、又一步地接近福島區，身體卻感到越來越輕。

所幸，公司的電梯正常運作。大廳的時鐘指著十二點多。短短不到四個鐘頭中間還休息了一小段，但對中島而言卻是一段漫長而艱苦的路程。不等襯衫上的汗漬晾乾便去了新聞部的樓層，眼尖的晚間新聞同仁發現中島，「啊！」地指過來。

「中島先生你做什麼去了！LINE 你都沒看！」

「啊，其實是……」

正抓著已經完全場下來的頭髮時，市岡過來了。

「喔，中島，你剛到？很辛苦吧。」

看他一臉涼快。還有餘力用扇子幫中島搧涼，不禁令人想問：

「你什麼時候到的？」

「哦，十點前吧。」

中島愕然。快了兩個小時以上。怎麼可能？

「難不成，你還是搭了計程車？」

原以爲是熟練的司機鑽小路，結果市岡的回答是「腳踏車」。

「剛好看到一家腳踏車行，還沒開門但裡面有人，我就去敲門，買了一輛便宜的菜籃車。好久沒騎，感覺挺不錯的。」

腳踏車。對市岡爽朗的笑容，中島已經連生氣的力氣都沒有，像個在甲子園投整場卻敗投的投手，當場雙手雙膝著地。這次眞的是力氣放盡。爲什麼沒想到這麼簡單的方法？這就是能在當下立刻採取最佳方法的同期和自己在能力上的差距嗎？不像童話裡的兔子和烏龜。聰明敏捷的兔子，就算睡了午覺，還是能穩穩把落後的追回來。

「喂，中島，你還好嗎？」

「中島先生，在那裡會擋路。要躺請去那邊的沙發躺。市岡先生，也請你不要再玩了。」

「好好好。」

市岡送來的微風，爲遠比三十年前稀薄的髮旋帶來涼意。

地震雖造成大阪北部部分民宅損壞，但一般社會生活可望在明天恢復正常。中島完成晚間新聞與深夜新聞的播出，癱在沙發上時，市岡來到旁邊。

「今天眞的辛苦你了——要來點啤酒嗎？」

「可以嗎？」

「有什麼關係。」

新聞部次長都這麼說了，那就沒關係了。從冰箱裡拿出兩罐啤酒，小小乾了杯。白天時那麼渴望的啤酒，現在有冷氣吹，水分補給又充分，並不怎麼感動。人就是這麼自我。即使如此，還是反射性地「噗哈」呼了口氣，品味著順喉而下的感覺時，市岡靜靜地開口：

「我想辭職。」

中島當下脫口而出的是「怎麼連你也要」。每個人都輕輕巧巧，拍拍屁股就走。

「嗯，我還沒跟公司說，不過想先跟中島你說一聲。」

只見他雙手拿著幾乎沒喝的啤酒，臉色一反往常地嚴肅。

「我可以問辭了要做什麼嗎？」

「我想再進大學，去讀法律。」

「也可以一邊上班一邊上課吧？」

「那樣不夠。我想更投入更扎實，被逼到連睡覺的時間都沒有。當初我沒考上志願的學系，經濟上不允許重考，所以放棄了，但我不想一輩子放棄。」

這就是市岡想做的事。
「那，你上完大學，畢業以後呢？」
「不知道。不過大致上是希望能做對人、對社會有幫助的事。」
這般無趣、好學生的願景背後，一定是有只有市岡才懂得的、市岡的痛。中島眼中一直是「出色的同期」的這個人，在做了三十年報導的工作之後，仍感到自己對人對社會毫無貢獻。
「坐在一個好職位，卻沒有達成提高收視率這個至高無上的命題，說起來，有一半算是逃走。……我想，也是因為沒有小孩，才能這麼任性吧。」
「是嗎？」
中島點點頭。雖然點頭，仍無法完全呑下愁悵，不禁半開玩笑地說了洩氣話：「那留在泥船上的，就只剩我一個了。」
你一定要留著啊——市岡說。
「要是中島這樣的人不肯留，就眞的會沉了。」
「什麼跟什麼，奉承得太誇張就變諷刺了。」

他有自知之明。但即使抗議，市岡仍堅持「我是說眞的」。

「你一直都沒變，好像理所當然就是個好人。動作或許是比較慢，卻和搶在別人面前出頭、混水摸魚、貪圖輕鬆這類小奸小惡無緣不是嗎？只有兩個飯糰卻毫不猶豫地給了我一個。在這水又黑又深的業界，這可是很了不起的。我之前從沒說過，其實你的正直幫了我好幾次，我都暗自慚愧。無論什麼樣的組織，都不能沒有像你這樣的人。所以，要是會讓中島逃走的船，就眞的沒救了。」

少來了——回話的聲音差點就要發抖，所以中島加強了語氣。

「飯糰我可是馬上就後悔了。」

「看吧，你就會當著面直說。」

「你還會待一陣子吧，別說得好像今天就要走。」

「哎，不是啦，就機會難得。感謝地震——這樣想不應該，不過要不是發生天災異象也不好意思說。」

所以，中島也暫且拋下難爲情，由衷說了聲「謝謝」。

「加油啊，只要身體健康，一切都大有可爲。」

「很有說服力的一句話。」

「尼崎學來的。」

百葉窗從不放下來的窗外是熟悉的堂島川，人行步道的路燈沿著河岸規律地亮著。辦公大樓和住宅大廈還亮著燈。有電有人城市有光，這些都不是爲了中島而存在的，但他心存感激。某個人的生活，在漆黑的河面投下螢火般的光。那也一定是一艘船。多麼不可靠，又多麼可靠。

中島再度舉起罐裝啤酒，比剛才更輕的乾了杯。

中島一直被操到第二天晚間新聞才終於回家，一整晚睡得像窩在繭裡的蛹。第二天早上，因爲全身肌肉痠痛呻吟著起床，在洗臉台遇到明里。因爲心神激盪皺眉歪嘴的臉更歪了。

「……早。」

中島怯怯開口，於是，

「早。」

原以爲一定會被當空氣的。整整兩年，堅持像石頭一樣沉默的女兒冷冷的一聲早，讓他頓時清醒。是幻聽嗎？從緩緩甩頭的中島身邊穿過時，明里小聲說了句「我出門了」。

「哦，路上小心。」

總算假裝平靜回了這句，待明里出了門便急匆匆跑去找香枝。

「幹嘛？我正要煎蛋。」

「先別管早飯，明里啊，她怎麼了？」

「眞是太好了呀。」

妻子賊賊笑道。

「前天，她一直睡不起來，我去挖她的時候說了：『妳在這裡睡懶覺的時候，妳爸正用走的走去公司』。」

「然後？」

「她問，走到大阪？我說不然咧。只是這樣而已，也不知她想到了什麼，就說今天要去報名當義工。好像查了很多東西。」

對喔，她平常都是穿裙子去學校的，今天卻是T恤加牛仔褲，頭髮也沒上卷子，只是簡單綁起來。

「兩年過去，明里也從只會看推特的大頭症青少年長大一點了。這是個好機會。」

「……是嗎？」

也許是明里也努力想要理解父親吼的那句妳懂什麼的憤怒。自己老了多少，孩子便成長多少。一上，一下。中島從來沒有像今天這樣，對這個反向成長如此開心。

「在那邊裝什麼淡定，別害羞了，把你的開心表現出來呀。」

「我下去拿報紙。」

「還逃走呢！」

在玄關回頭，對香枝說「謝啦」。今天沒發生天災異象，不拉開一點距離，實在不好意思當著面說。

「聽不見啦！」

妻子將蛋打進平底鍋，一邊裝蒜。

「你說什麼？要買戒指給我？」

「我才沒說。」

中島一身睡覺穿的汗衫，只帶著全新的手機來到門外。等電梯期間，鼓起勇氣LINE給明里。

『媽媽說妳要去當義工？要我採訪妳嗎？』

來到一樓，從信箱裡拿了報紙回到客廳，就收到回覆了。在有如碳酸逆流般的緊張中，打開軟體。

『煩欸，霉體。』

啊啊，我終於也受到「霉體」洗禮了。今天去說給公司的人聽吧——我也被叫霉體了。

大家一定會問吧，問我：

中島先生，那你在笑什麼？

砂嵐に星屑

秋

風雨中的幽會。

眼睛裡有一顆痣。靠近右眼眼尾，很像油性筆暈開的一個不規則的點。

——不好意思，請問一下。

在節目辦的尾牙上，坐在旁邊的由朗悄聲對她說。這是他們第一次接觸。爲了讓大家能多交流，座位是抽籤決定的，所以當時結花根本不認識木南由朗，只知道會在氣象中心看到他。

——是。

——妳眼睛裡有髒東西，不會不舒服嗎？

由朗壓低聲音，用手掩著嘴，好像在透露一個非常重大的秘密。在居酒屋的喧鬧中，他的氣息格外清晰地傳遞到耳朵和皮膚上。

——啊，那是痣。

——咦！

——是痣哦，這個，很令人意外吧。

結花一這樣回答，由朗便立刻像落枕的人般按住脖子。

——眞是失禮了。

聲音壓得比剛才還低，幾乎微不可聞的道歉。既不是對不起也不是不好意思，莫名古板。看來是對自己誤會羞得無以復加。結花對他的第一印象，便是有點發紅的耳垂、與不算高的個子、不協調的長脖子的線條很可愛。所以柔聲說「沒關係啦」。

——小時候常有人說我「妳是把鉛筆芯埋進去了膩」。

結果由朗肩頭瞬間晃了一下。看來是被戳中笑穴卻不能笑而硬忍著，依然朝下的嘴唇抿得緊緊的。啊，眞可愛——結花看著他要上揚又不上揚的嘴角，又這麼想。

——我一時之間覺得好像月亮和金星。

——咦？

結花眨了一下眼睛，由朗的食指便已出現在眼前。

——黑眼珠是月亮，痣是金星。上星期，兩個天體就是這麼靠近。不過那時候是很細的上弦月，視覺上完全不同就是了。

——黑眼珠要是變成上弦月就不得了了。

就是啊——這次由朗的嘴角終於大方露出笑意。

——氣象單元播過的，妳不記得了嗎？出現在傍晚到天黑的時候，很美。

——沒有印象。我那天可能沒班。

也許有，但結花的心思完全被由朗的下唇拉出的上弦月吸引，無法冷靜地追溯記憶。

——我也想看看。有生之年還看得到嗎？

還以爲是像全日蝕那麼難得一見的天象，結果根本不是。

——還滿常見的哦。下次應該是明年一月十四日。

——就是下個月嘛。

——對。

結花並不喜歡這顆位置特異的痣。有時候自己照鏡子都忍不住去揉，尤其討厭的就是太顯眼。彩色隱形眼鏡也蓋不掉，又因爲長在眼睛裡，也不敢去美容整形外科雷射掉。

可是那天晚上，結花頭一次感謝自己的痣。她覺得好幸運。期待著由朗會不會有同樣的心情，是不是也爲有了找她說話的藉口而感到幸運。因爲是他說起星星，又說「很美」，這不就是預埋伏筆嗎？

結花去廁所補妝，在鏡子前向自己的痣祈禱——但願能跟剛才那個人變成好朋友。

在客廳的沙發上從打盹中醒來。頭頂上，在無印良品買的圓形吊燈亮著淡淡的光，彷彿伸手抬頭就是月亮，結花很喜歡這樣的醒來。而且這是由朗選的，一睜眼就能眞切感受到和由朗生活在一起令人開心。

「醒了？」

從浴室裡出來的由朗，探頭看躺在沙發上的結花。兩公尺外的月亮缺了一角。

「嗯。」

「無論跟妳說多少次妳都還是要睡那裡，去床上睡不好嗎？」

「我做了夢。」

「人家講話妳有在聽嗎？」

「問我做了什麼夢。」

「才不要，夢什麼的從來都不好玩。」

「問啦。」

被結花這樣死纏著，由朗敷衍地說「什麼夢」。

「頭一次跟木南你說話那時候的夢。」

「看吧，無聊。」

「你還記得嗎？」

「就佐佐那顆讓人誤會的痣。」

「眞的要說讓人誤會，是木南的說話方式才是吧！」

「哪有？」

「害我以爲你對我有意思。」

「妳還眞有自信。」

一個嘆息從天而降。我哪有？明知打不到還是舉起拳頭。

「第一次見面就講到星星，一般人都會覺得是有好感啊！」

我哪知道——由朗無情地一口否決。

「我又不知道什麼是『一般』。」

「看吧，又來了。」

「什麼又來了？」

「同性戀就裝纖細。『我跟一般人不一樣』，要別人體諒。」

「才沒有。」

舉在空中的拳頭，被打蒼蠅般啪嘁一聲拍落。

「而且妳根本一點也沒體諒啊。」

「的確。受傷了？」

「沒有啊。妳明天一早有節目吧，趕快洗完澡回自己床上睡。」

「木南呢？」

「我傍晚。」

抬起腳製造反作用力，猛然起身，頓時覺得腦缺血，靠在椅背上。

「怎麼了？不舒服嗎？」

「只是一下爬起來頭暈。」

「動作慢一點啦。」

擔心之色立刻從由朗的聲音裡消失。不過每當結花腳尖撞到門、手指被紙割到，在日常生活中喊「好痛！」，由朗一定都會照例關心「怎麼了？」。忍著頭暈往茶几看，睡著前喝的啤酒空罐已不見蹤影，現在放著幾件寄給結花的郵件。化妝品公司寄來的DM，昨天才訂的DVD。她喃喃地說：好方便的時代。由朗已經縮回自己房間，沒有回應。

結花滿喜歡自己在螢幕縱橫並排的副控室裡的聲音。

「CM結束十秒前。」

由朗要是聽到了，一定會傻眼說「哪有人自己說的」，但她覺得很清冽很酷。重點是，一想到在這裡約二十名的工作人員，還有攝影棚裡戴著耳麥的工作人員，全都專注地聽她的聲音，就覺得痛快。

「九、八、七、六、五秒前、四、三、二、一，進棚。」

「給主持一個鏡頭，講完話立刻就放影片。影片多長？」

「三分二十四，放完回棚預計是五分鐘。」

對於沒有厲害的證照或自認爲開發不出潛能的單身女性，結花私心推薦她們從事電視台的計時員。爲什麼呢？因爲結花自己就是這樣。剛畢業時到中堅製造業當內勤，卻遇到上司性騷擾，一個月就主動辭職，經濟能力不容她慢慢找工作，便先去派遣公司登錄，被送來當傍晚的帶狀新聞新知節目當ＡＤ（助理導播）。她一直以爲影視傳播業只有對這方面特別有意願的人才能進去，因此相當意外。

四處發節目流程表、原稿、列印好的ＣＧ、在攝影棚裡有樣學樣地計時，工作並不難。當來賓的談話大幅超過預定時間時，也眞的做過舉手劃圈圈的動作。想著跟電視上看到的ＡＤ一模一樣欸，劃得起勁時，被名嘴不顧現場直播大罵「是要劃多久」，當時闖的禍如今也能當笑話來講了。薪水雖低，但出外景就能吃免費的，員工餐廳很便宜，工作人員休息室隨時都有咖啡和零食，日子還過得去。一年到頭都可以穿T恤牛仔褲，能夠遠離化全妝和穿絲襪也讓人開心。

就這樣過了三年的某一天，被資深計時員麻里惠挖角：「結花，妳要不要來學當計時員？」

——我女兒大學畢業了，我也想退休了，上面卻叫我要帶好接班人。派遣公司那邊我會請節目去說。

——為什麼找我？

——妳神經挺大條的對吧？挨罵也不當一回事。神經太纖細的人不適合這個工作。

姑且不論這番「賞識」，結花對於如此輕易就能從事專業工作感到吃驚。

——我做得來嗎？

——只要會加法減法就可以了。反正有馬錶。

不可能這麼簡單吧？結花心想，但要是不行也只是回來當AD而已，便答應了。

事實上，工作並沒有麻里惠保證的那麼輕鬆。要準備三個馬錶，從節目開始就要計時、各單元要計時、正在播放的ＶＴＲ要計時、還有多久進廣告要計時……只要算錯一分鐘直播就會大亂，上贊助商字幕的時間也和廠商有關，不容許出錯。跟著麻里惠三個月，再請麻里惠陪著她三個月，頭一次自己讀分讀秒的時候聲音都在發抖。結花覺得研修的這半年把這輩子的冷汗都流光了。

即使如此，總算能夠獨立作業，在麻里惠退休的同時辭掉派遣公司的工作，成爲自由計時員。自由業的不安定感很快就消失了。平日接清早的生活流行新知節目或傍晚的報導談話節目（視班表，有時兩邊都接），偶爾也接高爾夫轉播這些單次的工作，也算挺忙的，越忙收入就越多。雖然沒有獎金，但加上津貼平均一個月二十五萬多，她對收入很滿意。缺點頂多就是堆滿機材的副控室永遠維持在二十度以下，對手腳冰冷的毛病比較不友善吧。

她和由朗合租玉川那間房租十四萬的公寓大樓，既不會不自在，也不會不滿意。漠然想著要是往後的人生都能這樣悠哉就好了。

如果說有什麼問題，那就是無論她多努力都得不到由朗。

「結花，最近怎麼樣？」

在茶屋町的咖啡吧會合後，麻里惠這樣問。

「嗯——，沒什麼變，妳記得晚間新聞的晴一先生嗎？他交了女朋友樂不可支。」

「晴一，妳是說堤晴一？那麼拙的人也交得到女朋友啊。」

「跟晴一先生在一起很輕鬆啊。很好聊，又不會色迷迷的。」

「結花喜歡草食系的嘛。」

「也沒有啊。」

「可是，妳不是和一個連妳的手都不碰一下的男人住在一起？」

「哦……」

結花拿叉子捲義大利麵，若無其事地移開視線。

「那個啊，人家也有自己的喜好。」

「咦咦——？結花告白過了？」

「我要是敢。他就不跟我合租了。我們是因爲有朋友的距離感才能一起住的。」

「最近的年輕人好謎呀。」

麻里惠喝了氣泡葡萄酒，用餐巾紙擦掉酒杯上的口紅印。

「一般送到嘴邊的，都是不吃白不吃的說。」

就不一般啊——結花在心裡回答。木南不一般，我也是。

「結花不介意？妳沒有被利用吧？」

「房租和生活費都完全平分，所以利用是沒有的事。」

反而是她衣服丟進乾衣機就不收、垃圾分類做得不夠徹底，由朗的壓力應該比較大。

「他也有喜歡的人，不過是單戀就是了。」

兩杯紅酒潤滑了舌頭，結花不禁說溜了嘴。

「那他幹嘛還和妳一起住啊？」

「嗯——，個性雖然完全不合，但在一起很輕鬆啊，我們彼此都是。還有就是，一個人還是會寂寞嘛。我又不想結婚，現在的生活很舒服。向星星許的願實現了。」

「什麼願？」

「我許願說，希望能和他變成好朋友。結果眞的變成好朋友，三兩下就一起合租房子，可是就沒辦法更進一步。」

「不知道這算是有夢，還是沒有夢。」

麻里惠噘起紅紅的嘴唇。

「妳當初要是別許那種客氣的願望，許能和他啪一次！就好了。」

露骨直白的建議讓結花忍不住笑了，但想起這裡是消費較高風格沉穩的咖啡吧，趕緊閉嘴。

「麻里惠姐，尺度太大了。」

「怎麼，妳也是草食系？和喜歡的男生住一起不會心癢嗎？」

結花嘿嘿兩聲，要笑不笑地應付過去。痣的星星實現了她的願望。但要啪一次，除非扭曲或改變由朗的性向，不然是不可能的，星星應該沒這麼大的法力吧。

不過，要是能實現的話，是不是要來許願呢？她點的甜點黑醋栗雪酪轉眼便融化，問自己的問題也沒找到答案。銀色的湯匙冰冰涼涼地麻痺了舌頭。

早上的氣象預報說「今天是立秋」，所以曆法上應該已經進入秋天了，晚上九點多還是又濕又熱，悶得像全身裹著保鮮膜。

「那我走囉。」

結花在梅田的紀伊國屋書店前和麻里惠告別。

「結花，不可以和沒有希望的男人一直拖到年華不再。女人三十歲以後青春轉眼就沒了。要去找別的對象。」

這番聽過好幾次的忠告，就像和由朗常去的居酒屋裡永遠都會放的安室奈美惠精選輯，反而讓結花感到安心。這無關好惡，沒聽到熟悉的曲目就覺得少了什麼。

好——帶著若干醉意清晰地回覆並點頭，卻得到一聲嘆息。

「妳呀，就是這樣飄呀飄的讓人擔心哪。」

不是「輕飄飄」而是「飄呀飄的」，這也是麻里惠常用的詞。感覺不光只是飄，而是浮在半空中，每次聽總會覺得軟綿綿的很舒服。雲朵做的床終究摸不到，但想像著躺在頭頂，上下晃動的自己，心情就很自由。

結花懶得走到JR大阪站，便走到就近的計程車招呼站排在短短的隊伍後面。在等候期間用手機訂購了一張DVD，輕快得好像放下了今天所有的包袱，好想引吭高歌。不止和麻里惠，和人相約見面的日子，在期待的同時也會憂鬱。心情沉重，不是麻煩、氣悶這些隻字片語能形容的。明明絕不是不想見面，但內心總有些後悔與人相約，期待著對方取消。但她也不會自己毀約，一旦眞的去了相約的地方，一起度過的時光便很愉快，她也不知道先前爲什麼會不想來。而一旦解散後，在寂寞的同時也感到安心，覺得終於結束了。也許她其實是喜歡獨處的。於公於私，人際關係都很累人。她不覺得累的，就只有由朗。

腦海裡哼起「遠山日落⑤」。「遠山邊，日已落，黃昏時將近。今日事，業已畢，待得荷鋤歸。心也安，神也寧，無事一身輕。雲也淡，風也清，今宵無限好。大家來，圍成圈，歡聚共團欒。」——不對，一點都不涼啊。

「木南，你覺得『團欒』是什麼？」

一回到家，結花便拿等計程車時忽然浮現的疑問問由朗。在沙發上看雜誌的由朗一臉訝異地抬頭。

「什麼？什麼線？」

「不是不是，是團欒。」

「那什麼啊。啊，妳買的ＤＶＤ寄來了，我放在那裡。」

5. 〈遠き山に日は落ちて〉改編自德弗乍克的名曲《新世界》交響曲第二章，為日本營火晚會或戶外休閒活動必唱的歌曲。同樣旋律的中文歌曲為《念故鄉》。

「謝謝。那，團欒啊。」

「所以啊，那是什麼咒語？」

「就是小學的時候，營火大會都會唱的那個呀，『遠山日落』。那個第一段的最後。」

「咦咦？」

由朗微微仰頭，確認歌詞般下巴輕輕上下移動，然後「哦」了一聲點頭。好像小鳥好可愛。也許是情人眼裡出西施。

「我猜是『惑』，困惑的惑。」

結花把她想到的漢字說出來，立刻被吐槽「那也太奇怪了」。

「來一起快樂地困惑？誰會這樣講。那樣怎麼會快樂。」

「怎麼不會！」

走到沙發，在由朗旁重重坐下，就被罵「別這樣會起灰塵」。

「困惑的時候才快樂呀。要是路都已經決定好了，就只能往那裡走了。」

就不能飄呀飄了。

「對了，惑星⑥也是寫成困惑的星星呀。」

結花認眞覺得這是個非常好的聯想，可是她沒得到贊同，只得到冷冷的視線。

「惑星一定是沿著固定的軌道運行的。」

「啊，是嗎？」

「要是臨時想到今天靠太陽近一點好了，這樣天氣就會大亂，地球就滅亡了。」

「原來如此，不愧是氣象專家。」

「這國中生都知道。」

「那，團欒是什麼？」

6. 日文的「惑星」即為行星。

「我哪知道。妳自己查啊。」

「什麼嘛，說得那麼跩，結果什麼都不知道。」

結花把頭枕在由朗腿上，仰躺著滑手機。

「好重，起來。」

「啊，有了……『團欒』即團圓之意。大家一起團圓……唔——，那就沒辦法了——。」

扔下手機閉上眼，由朗像抖腳般小幅度地搖動他的腿。

「別睡。」

「我今晚喝了酒，晃到我吐，我不負責哦。」

「三八，不准吐。」

再次睜開眼，觀察由朗的下巴底下。因為已經是晚上，鬍子冒出了頭，有一根特別長的突出來，好想去拔，但要是她敢去碰一定會被揮開。由朗很冷淡，由朗很無情。一下子就不高興，不高興到極點，就一連好幾天不跟她說話。

可是結花和由朗在一起很開心。和由朗在一起很安心。雖然有時候會爲單向通行的感情傷心，但她知道由朗絕對不會傷害她。都是結花自己受傷。

「走開啦，我說眞的。」

聲音明顯不耐煩，結花心想糟了，滑著錯開身體，在沙發上縮成一團。

「我要睡了，我明天早班。」

「眞的？我也是耶，太棒了。」

「這有什麼好高興的。」

「可以在氣象室看到木南就覺得賺到了。」

由朗是由私人氣象公司派遣到電視台的。主要的工作是和電視上的氣象預報員一起規劃氣象單元、查看各項氣象警報，基本上不會進攝影棚和副控室，而是待在氣象使用器材集中的專門區域。幾乎沒有與結花接觸的機會，但拿顯示新聞直播時間的演出順序表去氣象室的時候，偶爾也會看到由朗正在開會的場面。氣象圖如何如何、雲雨雷達又是怎樣怎樣，結花很喜歡看認眞談著她聽不懂的事的由朗。

「我每次看到佐佐別有意味地笑著進來，心裡都在冒冷汗。我們住一起的事絕對不准說出去，不然就麻煩了。」

「我才不會說，秘密是個好東西。像外遇一樣，讓人小鹿亂撞。」

「妳真的很三八欸。」

由朗伸手拿起裝了ＤＶＤ的氣泡信封袋，放在了身體縮成一顆豆子的結花的腰上。

「佐佐也快去睡吧。」

「嗯。」

雖然明知道應該快去睡，但要卸妝，然後洗澡。再保養和吹頭髮……一想到這一連串工程就一點也不想動。然後拖得越久身體就越沉重。如果是男生就可以省掉這些麻煩——她不知想過多少次。

她也想過，如果是男生，搞不好木南就會喜歡她。白色實木地板上乾淨得沒有一根頭髮。來看房子的時候，結花說「我不喜歡白色，髒了很明顯」，但由朗卻主張「那樣才好，看到就可以馬上清」，而實際上他也勤快地用吸塵器和除塵紙拖把拖地。

「佐佐好常買DVD喔。」

由朗說。

「嗯。」

「讓人覺得很謎。妳又沒有那麼常去看電影，也從來沒看過妳在客廳看。」

「這還用問嗎？」

結花邊在髮尾找分叉邊回答「就AV啊」。

「下次木南要不要一起看？」

「幹嘛要一起看？」

「這是拍給女生看的，男優都是帥哥哦。我把女生部分快轉，我們一起萌嘛。」

「當我沒問。」

由朗馬上站起來想逃回自己房間，結花眼明手快抓住他的T恤下襬。裝有DVD的氣泡信封掉在地上。
「別走。」
「放手，衣服會變形的，妳幹嘛？」
「你不想看帥哥的裸體？」
「不想。」
「木南騙人，就愛裝。」
「哪有。」
「你不想讓人家知道我們住在一起，其實是不想讓多田先生知道吧？」
本來繃得緊緊的T恤，感覺鬆了一點點。
「你只是怕要是多田先生知道他會誤會，說原來你們在一起啊，然後傻傻地祝福對不對？老實說不就好了嗎。」
「煩死了。」
聲音平板沒有感情。啊，狀況不妙。一鬆手，由朗便默默進了自己的房間，關上門。新的公寓大樓很貼心地用了緩衝鉸鍊的設計，不會發出粗暴的碰碰聲。結花嘆了口氣，手指無意義地摳地上的信封。搞砸了。爲什麼自己有事沒事就故意去踩他連埋都沒有埋、明晃晃擺在那裡的地雷呢？慢吞吞地爬起來，正在沖澡的時候，終於明白扎在自己身上的那根刺是什麼了。就算是在公司裡，結花只要能看到由朗就很高興，但由朗卻不是。可能是因爲剛才和麻里惠聊了很多，被明明早就了然於心的溫差給戳到了。

還有要她「絕對不准說」的事。

我怎麼會說呢？要分租的時候就講好的。要對公司的人保密、不准進彼此的房間。我都有好好遵守啊。就連對麻里惠姐都沒有提到木南半個字。用力抓著頭皮抓得好像連腦漿都一起攪亂，抓出滿頭泡泡，沖掉。泡泡緩緩從肩背滑落的感覺，和手指撫過很像。和上一個男友分手已經是兩年前的事了，赤裸的肌膚被觸摸的記憶也已經很遙遠了。

應該要冷靜地回答的。跟他說，講好的事我都有遵守，你這麼不相信我，我會很沮喪。這麼一來，由朗也會坦然道歉吧。自己卻只顧著被刺刺到，扔了石頭回去。即使事後腦子的理解慢慢跟上，反省了、明白了，還是填補不了腦袋和心之間的時差。

走出浴室，半乾半濕的頭上還蓋著毛巾，就站在由朗房門前。搬家那天各自忙著搬自己的行李，結花連裡面有什麼家具都不清楚。木南——她叫。沒有回應。可是一說「晚安」，就聽到一聲很小聲的「晚安」。太好了，他沒有眞的發火。

懶得吹頭髮眞接上床，閉上眼睛，讓手滑進T恤底下，自己探索剛洗好的赤裸的肌膚。是因爲被厤里惠姐煽動的關係嗎，結花這樣轉嫁責任，摩擦乳頭。同時，指尖抵住內褲底下那道溫暖潮濕的溝。將意識集中在摩擦後會變硬的那個地方。

她認爲自己的性欲算強的。以前會偷看家裡訂的體育報的鹹濕報導，第一次在性方面有「感覺」是小學三年級的時候。跳上學校裡的爬竿雙腿用力，夾住細細的鐵竿，胯下就癢癢的很舒服。那種感覺不是每次都有，而且很快就消失。像彩虹或稀奇的雲，有微妙的發生條件。爲了設法定期得到那種快感，有一段時間她每到下課就抓住爬竿，也不爬就一直定在那裡，一再重複這種奇怪的行爲。到了高年級，學會了直接刺激得到快感的方法，不管有沒有男朋友，都保持自慰的習慣。如今，自慰作爲入睡儀式的意義或許已經大於性方面的滿足。

結花的性幻想中，不會有眞實的男人出現。連她自己都不在。除了頭髮、眉毛和睫毛以外的體毛全都事先清除、可愛但頭腦空空、現實中不存在的女孩，一味被現實中不存在的男人（們）凌辱——她會沉溺在這樣的幻想裡。不是喜歡或開心，單純是因爲這樣容易達成感官的高潮，也同樣愛用舊毛巾和軟趴趴的T恤。

所以當晚也花不到十分鐘，便沉浸在舒適的脫力感中。隨便用面紙擦著濕掉的手指，想像木南會以什麼來助興。神奇的是，自慰中要是想起他的臉反而會欲振乏力。木南是純幻想派嗎？還是會直接想著多田先生？他不太喜歡外出所以都沒曬黑，那又細又白的手指都是如何安慰自己的呢？結花一定沒有親眼看見的一天。

或許是因爲每天和馬錶對看，在分秒必爭的現場工作，結花經常對「時間」這個東西的捉摸不定感到害怕。聽無聊的解說的一分鐘，焦急地等待廣告後要播的影片完成的一分鐘，怎麼想速度都不一樣，但液晶上顯示的倒數卻以完全相同的速度進行，她怎麼也想不通。

晨間生活流行新知節目播畢，棚裡的小小檢討會也結束，結花正要回員工休息室時，被多田叫住了。

「佐佐小姐辛苦了，前半新聞棚內拖了多久？大阪都構想⑦那裡。」

「呃——，請稍等一下喔。」

結花看了自己在新聞單元流程表上寫的紅字。

「一分鐘左右，然後，之後介紹報紙頭版的單元快了，兩邊抵銷就進了廣告。」

「啊，原來如此。」

多田露出放鬆的表情。

「感覺好像說了好久，我怕是不是拖到時間給你們添麻煩了。」

「哦，有時候會這樣耶。覺得好像拖了。但其實沒有，有時候覺得沒有拖卻拖到了……多田先生覺得一秒鐘和一分鐘真的都是固定的嗎？」

「如果是變動的就天下大亂了吧。」

四十四、五歲的多田明明年紀較長又是正式員工，卻總是很客氣，對結花這種年輕女孩也是說敬語。結花暗自心想，要是你是更囂張、更討人厭的人就好了。這樣，我就能好好損一下木南，笑他沒有看男人的眼光了。

「就是愛因斯坦的相對論啊。」

「時間的長短不一樣嗎？」

「是的，啊，不過更難的我就不懂了，別問我哦。」

7. 「大阪都構想」，即大阪府與大阪市合併為大阪都的構想。

眼尾的笑紋變深了。並肩走在走廊上，朝陽從向東的窗戶射進強烈的晨光。

「啊啊，看樣子今天也很熱。」

「眞討厭。」

「不過，佐佐小姐總是一副涼涼的樣子。」

「會嗎？」

「有種超然的感覺。」

「我只是常發呆而已啦。」

「像我這種怕熱的人，實在受不了最近的酷暑啊。」

冬天怎麼不趕快來呢——斜斜的陽光橫越過這樣抱怨的男子的喉結。由朗也有的突起。就是啊——結花的附和拖得長長的。

「到了冬天，多田先生又會跟太太共用一個暖暖包嗎？」

「咦，妳怎麼知道的？」

「怎麼會這麼問呢，是多田先生自己說的呀，去年冬天的時候。」

「咦咦？什麼時候？」

「尾牙！欸，你眞的不記得了嗎？不妙哦。」

「會不會是醉了啊，這麼丟臉的事……」

多田從長褲口袋裡拿出手帕，開始頻頻擦脖子。

「啊啊，嚇得我都出汗了。我當著很多人的面說的嗎？」

「沒有，就我，和氣象的木南而已。」

「啊啊，那就還好。」

連到底記不記得由朗的長相和名字都令人懷疑。看吧看吧，結花心想，多田先生根本不記得你。我明明喜歡木南，眞的眞的很喜歡，爲什麼只能靠木南會受傷的事來開心？自我厭惡、罪惡感、嫉妒無辜人夫的可悲。要是這種骯髒的心情被殘暑的光一照就會蒸發，該有多輕鬆愉快。

那天沒有別的工作，結花便在梅田的網咖裡殺時間吃了中飯。回到家看到由朗的鞋子在，光是這樣就高興得想要像狗狗一樣蹦蹦亂跳。

「妳回來了。有葡萄，要不要吃？」

「要！怎麼會有？」

「我家裡寄來的。」

廚房裡放著一個寫有「柏原德拉瓦」的紙箱。與由朗並肩坐在廚房的吧台，吃洗好的葡萄。一顆顆小小的果粒，結花忍不住一口兩、三個，由朗卻是摘一個吃一個，慢慢摘慢慢吃。結花覺得比起麝香、巨峰，由朗的手指和德拉瓦更相配。

「木南家是什麼樣子的家庭？」

「什麼樣子啊……就很普通。爸媽和小我兩歲的弟弟。感情沒有特別好也沒有特別差。」

「跟女生一起合租房子的事有告訴他們嗎？」

「沒有。」

「那，同性戀呢？」

「沒有。」

結花將從皮裡擠出來的葡萄咬碎，滑溜溜的。圓圓小小的果實，一個不小心好像會滑進喉嚨深處。

「說了會被斷絕關係？」

由朗思索一下，回答「不會」。

「我想不至於。不是我希望才這麼認爲，我想我家人會接受。」

「那，你可以出櫃呀？」

「不要。」

沒想到竟是明明白白的拒絕。結花還以爲他會以「嗯——」或是「跟佐佐無關」帶過。

「我不想要他們接受我支持我。說什麼沒什麼好丟臉的、由朗就是由朗……這種天經地義的事，何必一定要徵求別人的認同和原諒。」

「人家又沒有那種意思。」

「嗯，這我知道。」

明明是這麼細、這麼弱不禁風的樹枝，有些卻牢牢繫著果實不肯放開。

由朗的手指微微用力，啵地摘下一顆。

「所謂的正確，會讓人感到難以忍受，因爲會有一種被拖到光天化日之下的感覺。當事人說自己很奇怪、很丟臉，別人卻硬要說『沒這回事！』。感覺自己錯的部分，被人像蝦子的泥腸一樣整個抽出來。我認爲叫人家不要覺得丟臉、不要覺得低人一等的壓力，也是一種暴力。」

由朗不會披著彩虹旗去參加遊行，不出櫃，不爲爭取權益和平等而戰。他既不會在APP上找對象，也不去同性戀酒吧和三溫暖。這樣的同性戀者也理所當然地存在。以前結花說他「你是隱身同性戀」，被他冷冷地頂回來「同性戀幾乎都是隱身的」。雖然不曾交過男友、不曾與男性發生性關係，但自己身爲同性戀仍是無可動搖的事實。大概，就和行星的軌道一樣。結花覺得，她懂。但是，要是他說「佐佐不懂」她也無法反駁，便沒說。

「佐佐家呢？」由朗問。

「我什麼都沒說，只是請我爸蓋保證人的章而已。我家就我一個小孩，爸媽離婚了，就我爸跟我。」

「是嗎？」

說得好像慎重考慮後才下了黑白棋棋子似的。關心外露的笨拙用詞讓結花很開心，忍不住傻笑。由朗立刻變臉：「幹嘛，好噁心。」

「不過關係就很普通。我下次要跟我爸吃午飯。」

「哦——。」

由朗把皮起皺的葡萄放在盤子邊緣，結花伸手就拿起來。

「給我。」

「那個有傷，不要吃。」

「這麼一點點沒關係啦，木南好神經質。」

將果肉吸出來，便嘗到來自完全成熟發酵的濃厚又危險的甘甜。

「有點像紅酒，我很喜歡。」

「會拉肚子的。」

「又沒有壞掉。你會不會想去踩放到好大好大的木桶裡的葡萄？」

「那什麼啊？」

「就是釀紅酒的時候的那個。光著腳一下一下把葡萄踩扁，好像很抒壓。」

「好髒。」

「你就是在意這些小地方才會累積壓力。聽說啊，一整桶的葡萄一——直踩呀，就會開始發酵，光是吸那裡的空氣就會醉。然後人就會嗨起來，繼續踩葡萄。好像很好玩。」

聽起來就很假——由朗嗤之以鼻。結花心想，要是自己有權利捏捏那驕傲的鼻子就好了。

「不眞的試試看怎麼知道。不過那個，印象中好像只有女人在做。要是禁止男人的話，木南就不能去踩了，眞可憐。」

「我才不想踩。」

像這樣東聊西扯惹得由朗傻眼，光是這樣的日常就好幸福。也有一些日子，無論她再怎麼喜歡由朗都得不到同樣的回報會讓她感到無比空虛。結花的心情就像月亮陰晴圓缺頻繁地變化，即使如此，唯有繞著由朗轉的那條軌道是不變的。

父親為中餐預約的餐廳，位在阿倍野HARUKAS的高樓層。從五十七樓看下去的景色意外平坦，結花心想，大阪眞是鄉下，和去年跟朋友去六本木之丘看下去的景色完全不同。人家東京不管怎麼走都會遇到摩天樓和超高住宅大廈，在這裡卻沒有任何東西阻擋視線，可以一眼直接望見天空與城市融合在一起般模糊的盡頭。

吃著日式套餐，與父親的交談並不怎麼熱絡。只是零零碎碎交換近況，幾個月一次的午餐之約要說有什麼成果，對結花而言，就是在臨別之際會得到以「交通費」為名的一、兩萬圓。對父親而言，就是謎了。他從以前就是只關心工作的人，結花甚至不記得小時候爸爸陪過她。長大到電視台工作之後，親眼看見有很多人週休零日不誇張，才知道父親並不容易。

「結花，要吃這個嗎？」

父親指著綜合天婦羅的蝦子說。

「不用，沒關係。我已經飽了。」

「是嗎？」

給香菇輕輕沾上抹茶鹽，咬下。上次木南做的鋁箔烤香菇好好吃喔。用奶油和醬油去烤的。下次換她做點別的當作回禮吧。愣愣地想著這些，便漏聽了父親的話。

「咦，抱歉，爸你說什麼？」

「妳堂妹瑠美要結婚了。妳記得她嗎？」

「有印象。」

就在婚喪喜慶的場合見過幾次，連長相都記不太清楚。

「我記得比妳小兩歲。」

「哦。那喜酒是不是要去一下比較好？」

「不用，她肚子裡有小孩了，不辦那些。」

「噢，雙喜臨門呢。」

於是父親別有意味地看結花，然後別有意味地看了亮晶晶一枚指紋都沒有的玻璃後的景色，深深嘆了一口氣。

「……妳啊……」

結花伸筷夾起沙鮻，整個浸到沾醬裡。她早知道父親會這麼說。因為每次都會來上這一段。反正只要稍微扯上邊父親就要暗示「那件事」。結花認為那是父親給她的懲罰。甚至覺得父親就是為了不讓她忘記、為了讓她學到教訓，才定期找她吃飯的。也許結花主動說「對不起」就好了。這麼一來，就會得到「不是妳的錯」這種不用想也知道的安慰，從此不再提起。可是無論是道歉或是被原諒結花都不接受，所以總是故作不知。這天也是以樂呵呵的聲音叫住店員，點了一杯葡萄酒。怎樣，誰管你啊，老頭，不然你是要我怎樣——把這些惡劣的態度，和帶酸味的白酒一起吞下肚。

葡萄酒喝過一杯又一杯，用父親給的一萬圓老實客氣地搭計程車回家。訂的兩張ＤＶＤ送來了，往地上一扔就撲在床上連妝也沒卸就睡著了。

醒來時是傍晚，枕套上的口水好冰。走出房間，客廳是暗的，還以為由朗還沒回來，原來他站在陽台上。

「木南。」

「看看妳的臉，嘴邊的口水都發亮了。」

由朗回過頭來，苦笑的他身後的西方天空變黑了，向晚的天空是將德拉瓦拿去熬似的深紫色，襯著雲和他含蓄的笑容，結花眞是愛極了。赤著腳便跳到陽台上，立刻換來不悅的臉色，但她不理。

「妳跟妳爸去吃飯了吧。開心嗎？」

「嗯——普通。」

「什麼啊。」

才不久前，入夜後仍因白天的熱氣盤踞不散而悶熱，現在竟不知不覺就變涼了。風好乾爽，盛夏潮濕的腥味消失了。

「秋天快來了呢。」

像要用風洗頭般，結花用手指梳著頭低聲這麼說，由朗卻說「快來的是入秋前的颱風」。

「颱風二十一號正在北上。」

他的側臉嚴肅緊繃，結花卻一點感覺都沒有。颱風每年都會來好幾個，但印象中最後大阪都沒什麼事。就算橫掃沖繩或九州，但都會往北或往東走，不然就是變成溫帶低氣壓，大阪向來就是被威脅半天然後虛驚一場，而且就算交通有些被打亂，只要結花願意也能用走的走到電視台，所以幾乎不受影響。

「不是都沒什麼事嗎？」

「這次可不見得。」

由朗說道。

「颱風和大雨跟地震不同，明明能事先做出一定程度的預測減輕災害的，偏偏大家都不把預報當一回事，有時候眞的讓人又急又氣。我們是爲了什麼那樣盯數據，又是爲了什麼那樣拚命討論、呼籲民眾啊。大家會認眞看的，頂多就只有降雨機率。」

由朗將下巴擱在交疊在欄杆的手臂上。由朗也有累了想發牢騷的時候。而明明是在這種時候，結花卻無法不去想像，如果去啃由朗那雙被照成葡萄色的眼珠會是什麼觸感。

「啊。」
由朗指著就在近前的安治川。河岸上是中央集散市場和倉庫，再一直過去就會與大阪灣相連。他的食指盡頭可以看見ＵＳＪ四周的高層飯店的燈光。
「飯店怎麼了？」
「不是飯店，是它下面。」
瞇起眼睛，地面上光點聚集，一閃一閃的。像風中的燭火一時大一時小，不安定而令人懸心。然而，那不規則的閃爍卻也讓人想雙手掬起久久凝望。
「那什麼啊？」
「應該是ＵＳＪ的遊行。」
「哦。」
以多到不能再多的ＬＥＤ全面武裝的華麗活動，遠遠地看竟然也那麼寂寥啊。可是，比起在近處輝煌燦爛得令人眼花撩亂，結花寧願像現在這樣。眞想和由朗兩個人，一直一直望著遠遠的、不是爲他們舉行的遊行。

「感覺好漂泊無依喔。」
結花一這麼說，由朗吃了一驚似地看她。
「幹嘛？」
「沒想到妳竟然知道這個詞。」
「我當然知道。」
「妳連『團欒』都不知道了。」
「木南自己也不知道啊。」
「那倒是。」
由朗收回手指，改變了話題「今天早上，我五點半的時候去了副控室」。
「是喔？」
「因爲氣象那邊天氣圖的更新不太順，我去確認。那個啊，佐佐讀時間的時候判若兩人，嚇了我一跳。」
「爲什麼？」
「妳平常講話聲音小又懶懶的，一轉到計時員模式就很俐落。」

「要是講話不夠清楚，就會被吼『聽不見！』啊。」

結花邊偷看由朗從短袖伸出來的上臂和尖尖的手肘邊答。

「要是敢露出一丁點沒把握的樣子，就什麼事都怪到我們頭上來，說是計時員講錯時間什麼的。那是個弱肉強食的世界。」

「眞可怕。」

「不過，到頭來時間的事還是要問我啊。木南，你知道爲什麼計時員都是女的嗎？」

「不知道。從來沒想過。」

「以前電視台裡面的女生比現在更少，像技術人員很多的副控室根本就百分之百都是男的。正式錄影的時候，影片來了、原稿在哪裡什麼的，吵得要命。在大家都扯開喉嚨說話的時候，報時一定要讓大家都聽到，所以才會用女的。」

「原來如此，很合理。」

這是聽麻里惠說的，也是結花決定當計時員時最讓她心動的要素，所以由朗坦率的佩服讓她很高興。

「不管罵得再跩再大聲，還是要豎起耳朵聽計時員的聲音，不然沒辦法直播。」

「好酷喔。」

「是不是？你可以愛上我沒關係。」

由朗不理，又問：「當計時員就會對時間很敏感？」

「不見得啊，我也常遲到。」

「不是啦，我是說，是不是沒有馬錶也可以正確數出十秒、一分鐘那樣。」

「嗯——，我也不知道，相對論嘛。」

「怎麼突然冒出一個這麼難的詞。」

「來試試看好了。木南，你用手機設定計時器。」

結花閉上眼睛，指定要「一分鐘」。

「等我準備好哦……好，開始。」

在心裡默誦「一分前」。回想盯著馬錶上的數字的感覺。四十五秒前……三十秒前……十五秒前……十秒前、九、八、七、六、五秒前、四、三、二、一、

「——到！」

睜開眼，看由朗。視線與由朗的眼眸相觸。由朗也正在看結花的眼睛。看她眼裡的金星與月亮。

嗶嗶嗶、嗶嗶嗶，計時器的鈴聲響了。由朗笑著說「可惜」，關掉了計時器。

「不過大概只差一秒吧，還是很厲害。」

這句話結花沒有聽進去。天空的紫比閉眼前更深濃，覺得風在心裡颯颯地吹，雲以極快的速度流動。要是一切的一切，全都隨風而去就好了。多田、DVD、還有爸爸的話。

「木南。」

「幹嘛？」

「跟我結婚。」

「蛤？」

「跟我結婚。」

「不要，爲什麼？」

在問理由之前先拒絕的由朗風格，讓結花又愛又恨。

「就想啊。好啦，我又不會叫你跟我做愛，木南要是交了男朋友，我也會承認的，等我死了存款就全都是你的了。」

「佐佐，妳冷靜點。」

或許感覺出氣氛與平常閒扯淡時不同，由朗正經地訓她。

「怎麼了？跟妳爸吃飯的時候被妳爸說了什麼嗎？」

「跟那個沒關係。」

睡醒就來吹風，本來就已經夠亂的頭髮因爲搖頭變得更亂了。眼前橫著好幾條黑線，看不清由朗的臉。

「跟我結婚吧。」

「沒辦法。」

比不要更傷人。所以結花決定傷害由朗。

「可是只要戶籍遷在一起，就這樣過了十年還是多久，就會被當成事實婚[8]。跟夫妻一樣。因爲木南和我，一個是男的一個是女的。這就是社會的、普通的、正確的看法。」

明明是自己說的，卻不敢看他的反應便逃進屋裡。也不把髒掉的腳底擦乾淨就鑽進被窩，爲自己的發言後悔好久，卻又控制不了自己。明明氣氛好好的平平靜靜的，每次都是自己去破壞掉。就因爲由朗不喜歡結花，單單這個事實便把結花打垮，所以自己也想讓由朗受同樣多的苦。你再一臉淡定啊，你好好嘗嘗的痛苦、我的悲傷、我的憤怒吧！然後把我視爲你的特別。如此凶暴的任性，究竟眞的能稱爲愛情嗎？

如果我是男的，就算不能和木南在一起，至少也能好好失戀吧。

如果木南是女的，搞不好就能喝醉酒手牽著手一起踩葡萄跳舞了。

由朗什麼都沒對她說。甚至沒有靠近房間的動靜。

由朗的警告成眞了。九月初，颱風二十一號維持著「非常強勁的威力」接近日本列島。根據預測路線，挾帶暴風的巨大圓形將直擊並穿越關西。預計從四國登陸那天的晨間新聞幾乎清一色全部是颱風的相關報導。颱風的動向、風雨的預測、呼籲民眾做好防颱工作並及早避難、交通資訊……這類非尋常日的新聞直播流程與平日完全不同，所以結花很緊張。各處在混亂中好歹有模有樣地完成播送後，「請大家儘早回家」的通知下來了，結花決定不去餐廳吃早飯直接回家。

在等電梯的時候，多田過來了。

「辛苦了。」

8. 事實婚指的是未辦理入籍登記的婚姻。男女雙方均有結婚的意識並有共同生活的事實，便可更改住民票，認定為事實婚。與一般婚姻的不同主要在於法律上並不具婚姻效力。

「啊，辛苦了。」

多田鬍子長出來，白襯衫的領子和領帶結也明顯不挺了。

「多田先生，你該不會是整夜沒睡吧？」

「啊，是啊，昨天傍晚就召開颱風會議，很多事情……」

「好辛苦喔，現在要回去了嗎？」

「沒有，稍微小睡一下。我啊，只要覺得旁邊有人就睡不著，所以自費訂了阪神飯店。中午過後就要集合，所以可以睡到中午。」

由朗一定也忙著工作吧。自從結花唐突的求婚以來，他們幾乎沒有照面。結花怕他開口說「不要再合租了」，不敢主動接近他。現在只一心祈求這個颱風不會造成太多損害。但願由朗努力的呼籲不會白費。電梯中途沒有停靠，直接下樓。在抵達一樓的同時，多田說：

「一起去飯店吧？」

「咦？」

結花抬頭看多田，以為她聽錯了。多田看著結花的那雙眼睛裡，轉眼便充滿了暗光。奇怪，這個人的長相本來就是這樣嗎？無論如何渴望，都不會出現在由朗眼中的光、結花經歷過太多的黏膩的欲望的光，爲什麼偏偏出現在這個男人身上？

多田對僵在打開的電梯門前的結花使出致命一擊：

「久留美妹妹。」

阪神飯店據說是以客房內也有天然溫泉爲賣點。打開「溫泉」的水龍頭，浴缸裡便蓄滿淡淡玳瑁色的熱水。不覺得有什麼功效。結花心想，溫泉用系統衛浴泡實在很沒氣氛。

拿一條浴巾裹住身體走出浴室，只見邊打理儀容邊看電視的多田突然大聲叫道：

「嗚哇、嗚哇嗚哇嗚哇，這下不得了了這下。」

探頭看畫面，結花也倒抽一回氣。一艘大船緩緩（看起來）撞上架在海上的橋，卡住。簡直像電影的一幕，然後結花又想，我又沒有看過那種電影。主播的聲音好像在驚叫。

——就在剛剛，大型郵輪撞上了關西機場與陸地相連的聯結橋！

海浪洶湧得好像在跳舞。這根本不可能呀，結花心想，無論氣象再怎麼預報，都不可能知道會發生這種事。要是知道的話，眞的能預防？

嚷著這下不得了了，匆匆繫領帶的多田一副興匆匆的樣子。所謂在電視上向大眾播報首次親眼所見的景象的喜悅，大概眞的存在吧。

「我走了，這裡我訂到明天中午，隨妳待。」

不知是一開始就打定主意僅此一次，還是眞正上場後覺得不如預期，多田沒有多看結花一眼就匆匆回電視台了。要是他失去興趣，那眞是再好也沒有。被敦厚愛家的好爸爸形象騙了——不是的。是結花並沒有認識多田的全部，如此而已。就像結花的父親一邊想把蝦子天婦羅分給她，又一邊傷害她一樣。那既不是矛盾也不是背叛，所以不值得她憤怒或絕望。

結花坐在床上，一直亂轉亂看。無論哪一台播的都是颱風的新聞。被風吹得飄起來的卡車、緊抓著開花的雨傘與風雨對抗的行人，以及淹水的關西機場與郵輪撞上聯結橋的影片不斷反覆播放。滑手機查災情，大雨、暴風、巨浪、洪水、滿潮……結花跟一個無足輕重的男人上床睡著的期間，有各種警報提醒民眾小心各種危險。

說起來，小時候她以爲長浪警報是「哈囉警報⑨」。眞不明白是溫馨，還是嚴重。哈囉，哈囉，哈囉，要小心哦。

七點半NHK的新聞一結束，就只剩空洞的綜藝節目和美食節目，結花便離開了飯店。颱風已經過了，雨也停了，但大多數的鐵路因防颱而停駛，平時人來人往的環狀線福島站也空蕩蕩的。風還很大，行道樹的葉子咻咻咻地捲成一個個漩渦。不知哪裡的居酒屋招牌、寶特瓶、斷掉的傘，各種東西在馬路上散了一地。頭髮和裙子被吹得亂七八糟，纏在臉上腳上，她也不管，

9. 日文為「波浪警報」，而「波浪」與「哈囉」同音。

就是邁開大步走。無論是色狼，還是強盜，看到結花現在這個樣子肯定也會逃之夭夭。

不符時節的暖暖包包裝貼在還很濕的路面。結花又想起了頭一次與由朗見面的那個晚上。

結花旁邊是由朗，他旁邊是多田。一開始本來是別人，但聚會久了，大家都隨意更換座位，不知不覺就變成這樣了。結花從廁所回來時，多田正與由朗攀談：「新來的ＡＤ？」

——我是氣象那邊的木南，上個月過來的。之前是在大阪分公司。

——哦，這樣啊。氣象好像是三班制嘛？一定很忙、很辛苦吧。

——可是，晨間新聞每天都要半夜就出門上班，也很累吧？

結花插嘴說道，覺得多田的存在有點礙事。

——是啊，冬天特別痛苦。像我，都是傍晚六點睡，十一點起來準備。睡前貼在背上的暖暖包撕下來還熱熱的，就會覺得很哀愁。

——咦，直接貼來公司不好嗎？

——在公司會動來動去就會太熱，所以我都貼在睡在旁邊的老婆身上。

人在意想不到的時間點可以變成透明的。結花知道，那一瞬間，她這個人的存在完完全全從由朗的視野中消失了。由朗的眼睛彷彿受到重力的牽引，脫離了無聊的軌道，頭下腳上地掉下去。掉到一個難為情地說和妻子共用一個暖暖包「很窮酸吧」的中年男子身邊。儘管當事人多田根本無從得知。

啊啊，原來礙事的是我。

結花沒有跟去續攤，在回家路上，得知和由朗住得很近，便提議一起搭計程車，於是在浪速筋上閒晃的時候，她藉著醉意大膽說了。

——你喜歡上多田先生了嗎？

由朗在尾牙中途就顯然心不在焉，整顆心被多田搶走，讓結花好不甘心。與其就這樣空手而回，即使多少會引起他的戒心，她也要留下一些爪痕。用過的暖暖包就那麼有魅力嗎！結花之所以不甘心，是因為她也很羨慕。她做了一個轉瞬即逝的美夢——但願能和坐旁邊的男孩在同一張床上分享那份小小的暖意，但由朗眼裡根本沒有她。

——蛤？妳在說什麼？

眼看著由朗的表情僵化，眼神像結了一層薄冰，結花立刻就後悔了。她明明不想讓他結冰的，卻完全用錯方法。不是的——她連忙找藉口。

——我不是要虧你，只是我對那方面算是很敏感的。而且木南看異性的眼神很清很乾淨……對不起，因爲那個，「墜入愛河」的感覺實在太鮮明了，我忍不住想問問看，只是這樣而已。對不起。多田先生完全沒發現，你不用擔心。

就在她這樣解釋期間，好幾輛空計程車從他們旁邊經過。由朗以看一種未知生物的表情聽結花解釋，最後低低冒出一句：

——……被發現就麻煩了。

上了計程車後，他們沒有再說話。結花心想，失敗了。大大失敗。給他留下了最差的第一印象，但同時也有種「原來如此」的豁然之感。由朗那猶如冬夜般透明的眼眸，那般清澈是源自於不會把結花當作性愛的對象。所以她才會被吸引。

第二次見面，是過完年的一月十五日。中午，在電視台的出入口不期而遇，結花立刻想起尾牙時的交談。

——啊！

輕輕點頭就要走過的由朗被結花大聲一叫嚇得停住。

——月亮和金星！

——呃？

——靠近的日子！是昨天對不對？

指著自己的右眼這樣一問，由朗像是懾於她的氣勢般點頭說「啊，對」。

——厚！唉——……我錯過了——……對不起，昨天早上我眞的都還記得的。

她並不是無論如何都想看到星月幽會，而是氣自己竟然忘了最近喜歡上的對象告訴自己的事，感到懊惱。她覺得要是她什麼都無法珍惜，那麼別人也不會珍惜她。見她雙手抱頭，由朗說「妳也太誇張了」。由朗長長的單眼皮形成了兩個上弦月。

不要說戀愛對象了，就算以一般人而言，自己也不是他欣賞的類型。然而，他們卻交換了聯絡方式，會相約出去喝一杯，閒聊時說起各自對居住環境的不滿──太小啦、想要宅配信箱啦──聊著聊著，不約而同地產生了「一起住就租得起一個滿不錯的房子」的共識，三兩下便在春天開始合租房子。

她向眼裡的黑色星星許的願實現了。她很幸福。無論吵架也好，有時候感到喘不過氣也好，只要和由朗在一起，每天都很開心。多半是因為，一開始她就知道這是條走不出去的死路。比起由朗和多田以外的男人在一起，她更不願去想像自己哪一天不再喜歡由朗而結束。

木南，我喜歡你。

要是你無法喜歡上我，請至少跟我做一次。

一開門，由朗的運動鞋照例整齊地擺得好好的。但室內一片漆黑，靜悄悄的。也許由朗也為了颱風而整晚沒得睡。結花進屋後過自己房間門而不入，毫不猶豫地將隔壁由朗那既近又遠的房間的門大大敞開。床邊的LED提燈淡淡地照亮室內，所以結花暢行無阻。

「木南。」

一爬上床，由朗瞪大了眼睛坐起來，想掀開棉被，但結花不讓他如願。她騎在由朗身上，裙子翻起來也不管。

「妳幹什麼？」

怯意比憤怒更濃的質問，挑起了她嗜虐的心。

「我剛跟多田先生做了。」

「咦？」

「我跟多田先生上床了。在阪神飯店，是他找我的，所以木南也跟我做吧！」

「妳在胡說什麼！」

結花凝神想看清楚那雙又乾又清的眼裡注滿了什麼，卻被她自己的影子蓋住看不見。由朗的眼神像隆冬的星星或夜景般閃爍著。那叫什麼來著？因為風和大氣的密度產生了什麼作用，木南明明教過的，卻已經忘了。啊啊，就是這樣，誰叫我就是這樣。

「間接做愛呀，不錯吧，既然你不能直接跟他做。那只要進來多田先生剛剛進來過的地方就好啦。來吧！」

由朗瞪著結花，雙手的拳頭用力捶在被子上。

「妳幹什麼妳！妳到底在幹嘛，差勁！滾出去！」

結花低頭看著別過頭、聲音像呻吟又像哭泣的由朗，衝動漸漸平息，雖然太遲卻也冷靜下來，留下一句無意義的道歉「抱歉」便離開了。當然不可能被原諒。一鑽進自己被窩，眼淚就斷了線般掉下來。喜歡的人不喜歡自己、無法對喜歡的人好、被那種男人占便宜。結花的軌道蛇行又爆起爆落，何止脫軌，簡直是暴衝的極致。

結花嗚哇、嗚哇旁若無人地大哭，以至於不知道那含蓄的敲門聲是什麼時候開始響的。在呼吸的間隔中聽到叩、叩聲還懷疑自己的耳朵，但似乎不是幻聽。

「佐佐。」

是由朗的、小小的聲音。

「我想說等佐佐回來要道歉，從傍晚就醒著等妳。」

「道什麼歉？」

結花該道歉的事不止一件，但她想不出由朗有什麼對不起她的。沒聽到回答，便抽噎著開了門，只見尷尬地站在那裡的由朗手中有一張ＤＶＤ。

「我也網購了，所以沒看清楚就打開……」

「……哦。」

一種像痴呆、或是像從夢中醒來般的聲音擅自冒出來。由朗的拇指和食指拎住的ＤＶＤ標題是「傲嬌小白兔夢原久留美」，穿著如今已經絕跡的小學泳衣和眞理褲的少女照片擠得滿得不能再滿。那是十一歲的結花。

由於母親對演藝圈懷有強烈憧憬，從懂事前結花便按著母親的意思被送進兒童劇團。一個不顯眼不可愛又沒有歌唱跳舞演技才能的平凡小女孩，當然不可能輕易成爲焦點，頂多只能當當臨演或地方超市傳單上的童裝模特兒，但母親硬是帶結花到處去試鏡，害得她小學時常請假，也交不到朋友，到了高年級更是被人中傷「長得那麼醜卻妄想當藝人」，她卻不敢說「我不要」。因為對母親而言，「星媽」這個工作是她的依靠，用來填補得不到工作狂父親關心的孤獨。

六年級的時候，為女兒遲遲闖不出名堂（怎麼可能闖得出來）而著急的母親收到了「要不要試試當少女偶像」的提議，對此，結花並沒有選擇的權利。佐佐結花變成夢原久留美，聽大人的話穿上學校泳衣，穿上過膝襪，在胯下被勒得很不自然的狀態下，站在攝影機前做柔軟操、淋浴。他們舉出有名的偶像和女明星，說她們以前也做過這些，但結花既不想也不認為自己將來能跟她們一樣。

本來已經安排好握手會和立可拍活動來宣傳DVD和夢原久留美，但終究被父親知道，母親被離了婚，結花的地下演藝活動也結束了。但已經上市的DVD卻無法回收，至今仍在二手市場流通。

「妳買了以後呢？」

由朗難以啓齒般問。

「丟掉。」

明明是這麼冷門的活動，卻因爲結花的五官經過青春期也沒有太大變動，以及別具特徵的眼珠，偶爾會遇到知道夢原久留美的人。剛畢業時進的公司，也是因爲被課長不懷好意地笑著說「現在不出DVD了？」而立刻辭職。

「沒想到多田先生也是。我也實在太天真了。」

結花在說話中漸漸冷靜下來，眼淚也止住了。由朗說「妳怎麼能這麼淡然」語氣難得激動。

「因爲，我本來就知道啊。自己在攝影機前做的是什麼打扮、那些影片會被拿去做什麼，我早就知道了。明明是小孩子的身體，連胸部和屁股都還沒有長出來，還帶著一顆青蛙肚。」

結花搶過由朗手中的DVD用力敲打外殼。

「被誇好可愛喔、好性感喔，我也很得意，聽著很開心。就是體育報的情色小說裡面說的『動情了』。我就動情了啊。難道現在還能裝被害者去哭去生氣？」

早知道僅僅一張ＤＶＤ會陰魂不散地糾纏著往後的人生，無論母親說什麼她都會拒絕吧。可是事到如今後悔也沒有用。

「佐佐又不是加害者，是做這些、愛看這些的人有問題。」

即使由朗這麼說，結花的心情也沒有就此豁然開朗。她並沒有爲此苦惱不堪，之所以買ＤＶＤ回來，也不過就形同處理掉自己的排泄物。但由朗卻靜靜地哭著，這麼無聊的事竟然讓他傷心，結花感到很過意不去。

「對不起。毀了你和多田先生暖暖包的夢。不過，他功夫眞的很爛，從進去到射眞的不到一分鐘。是我計時的，絕對錯不到哪裡去。」

結花搖搖頭，伸手要去擦臉頰上的眼淚，由朗卻拉住她的手。這是他們第一次牽手。

「木南。」

被牽著手來到三步外的床上，就這樣被誘導著一起躺在床上。

「佐佐，該怎麼做？」

「做什麼？」

與她面對面的由朗，伸手撩起裙子伸進內褲裡。手指像是害怕明明沒有任何突起的身體般縮了一下，但沒有逃走。

「先試著摩擦溝溝的地方。」

「嗯。」

先前的不知是淚還是冷汗，整體濕濕的手指撫摸著結花的陰部的弧線。笨拙又不知所措的手指。啊啊，他很困惑。先不管開不開心，現在他們頭一次兩個人一起感到困惑。心怦怦跳。心一怦怦跳，就動情了。

「……好像，開始變得滑滑的。」

由朗低聲說。

「再摸裡面一點。」

「不要，好可怕。」

這倒是原來的由朗。只有指尖伸進結花溫熱的潮濕地帶，緩慢地上下移動。

「木南，跟我結婚。」

「佐佐是想跟我成爲夫婦或家人嗎？」

被當面這麼一問，結花覺得倒也不是。不是戀人也不是朋友。於是她發現，她並不想把任何角色套在由朗身上。有個終點或折返點之類的東西反而礙事。

「……我想當你的依靠。」

結花回答。當由朗感到無依無靠的那一天，例如遠遠地閃爍的遊行隊伍的光寂寞地滲進心裡的夜晚，希望他會想到「我有佐佐」。雖然什麼忙也幫不上，希望能成爲允許彼此在腦海裡描繪的依靠。明明不需要蓋章也不需要同意，但這一定非常難。由朗的心跳與結花的心臟形成對照，一直很平靜。外面是暴風雨後的平靜，聽不見人聲車聲。側耳傾聽怦怦、怦怦規律的脈博，彷彿這世上只有他們兩個人。

「我們無依無靠啊。」

由朗耳語。

「可是，我無依無靠，並不是因爲我是同性戀。」

「嗯。」

結花無依無靠，也並不是因爲她以少女偶像出了蘿莉裝扮的情色ＤＶＤ。結花沒有達到高潮，也不覺得這種戰戰兢兢的做法能夠達到高潮，所以她說「可以了」，由朗便如釋重負般縮手回了自己房間。帶著尚未乾掉的潮濕地帶，結花覺得自己並不孤獨。

第二天中午過後，結花餓醒，想找點東西吃，冷的也可以，打開冰箱的冷藏室卻看到色彩鮮豔的香蕉皮被扔在裝廚餘的袋子裡。應該是由朗吃完去上班了吧。庫存少得可憐，結花決定去採買順便在外面吃，於是到洗臉台去洗臉。

看到鏡子裡的自己，不禁「嗯？」了一聲。撩起劉海一面往鏡子前面湊。額頭上貼了一張「菲律賓產」的香蕉貼紙。金色的，星星與香蕉所組成的構圖。

結花喃喃地說，不是這樣的好不好。這跟暖暖包不一樣，這只是惡作劇。不過，在結花的自行想像中，由朗偷偷跑進她房間，悄悄在她額頭上貼上從香蕉皮上撕下來的貼紙時，是笑著的。鏡面因爲結花呼出來的氣息起了霧很快就看不清，眼中的星星也模糊了。

砂嵐に星屑

冬

不眠之夜
的你。

沒想到會被封鎖得這麼徹底。LINE的留言沒看，語音通話不接。要是看到晴一愣在那裡聽著不知響到第幾十下的通話音，彩美一定又會氣得罵「那種沒用的事你要做到什麼時候」。晴一喜歡她乾脆果決的脾氣，那是晴一所沒有的，但看來她並不需要晴一怯懦的優柔寡斷。

『我想我們還是不合，分手吧』——他注意到這則留言的時候是半夜二點。要打電話已經太晚了，回留言說『我們好好談談』卻得到『不可能，我要封鎖你了』這冷漠的回答，思索著真假怎麼辦，想著想著就睡著了。然後當他醒來時已經快遲到，匆匆趕著出門去幫前輩PD的外景工作，好不容易等到早午餐想到彩美的此時此刻，已經是下午兩點了。一手拿著筷子僵在那裡，卻束手無策。平常都是用LINE通話，所以連她的電話也不知道，住址、上班地點也一概不知。他反而佩服起自己，竟然能夠在只知道這點個資的情況下跟人家交往半年。

實在很想現在馬上回家，燈也不開就倒在床上盡情沮喪個夠，但接下來還有公司的外景。就可以分散注意力這點而言，忙碌值得感謝，晴一再度動筷子加快吃飯的速度。

外景拍的是「被上司罵得走投無路的部下」的ＶＴＲ。能搭配職權騷擾訴訟的新聞原稿的影片太少，光靠法院的圖片無法撐上幾十秒，所以必須插入模擬情境影片。話雖如此，只要稍微有個樣子，誰來演都可以。反正只會拍鼻子以下的部分，也不會用本人的聲音。用不著特地找演員，只要借一間會議室，找沒事的同事裝一下就好，是很輕鬆的外景。

「好，ＯＫ。」

ＰＤ這一聲，讓扮演職權騷擾上司的中島一臉如釋重負地擦擦額頭上的汗水。雖然是演的，但他大概是很討厭拍桌揮拳那類恐嚇，抱怨「好累啊」。要是世上所有上司都跟中島一樣，就不會有被職權騷擾搞到心理出問題的上班族了吧。但業績大概也不會成長。演部下的同仁滿不在乎地說：「中島先生一副超痛苦的樣子，害我差點笑出來」。正在整理機材時，中島小聲對晴一說「堤，今天新聞直播結束後有時間嗎？」

「有。」

「那，七點半左右在自動販賣機那裡等我。」

會是什麼事呢？光是被點名個別談話，胃就好像隱隱作痛。

晚間新聞中，切換東京製播的全國新聞的那二十分鐘，等於是讓大家喘口氣的休息時間。晴一在攝影棚前跟吃零食的結花說了中島找他的事，結花竟直接了當地說：「要開除你？」

「晴一，謝謝你過去的貢獻……拜託，你不要真的沮喪好不好，我當然是開玩笑的。如果要講合約一定是去跟公司講呀，你怕什麼啊。吃零食啦！」

然後撕開米菓包裝自顧自拿到他嘴邊。

「喂，粉都亂飛了。」

「會很黑皮哦。」

結花小晴一四歲，但在業界的資歷比晴一長，所以雖然叫他一聲「哥」，姿態卻是她比較高。剛畢業找工作不順利，去派遣公司登錄，結果意外被派到電視台——儘管他們的經歷如出一轍，但結花可是從拋棄式的ＡＤ轉為計時員這個稀有職位，在晴一眼裡顯得「一帆風順」。結花的上班時間是固定的，盛夏隆冬也不必扛著沉重的機材在外面跑。更令人羨慕的是，可以只和節目裡熟悉的人一起工作。要是我也是女的，也可以當計時員……有一次這樣說漏了嘴，就換來一大篇管理時間的壓力，但晴一是眞心那麼想的。沒出大錯結束了當天的播出和棚內的反省會，收拾、討論完，晴一七點半整前往自動販賣機區。中島已經在那裡了。

「對不起我來晚了。」

「沒有，你很準時。要喝什麼？」

「啊，那歐樂納蜜C。」

「都這麼冷了還喝碳酸飲料啊，不愧是年輕人。」

中島笑著用手機的電子錢包幫他買了飲料。

「咦，你換手機了？」

「是啊，六月換的，有一陣子了。我失手摔壞了。」

中島打開微糖的罐裝咖啡，一邊開口說「有點事跟你談」。碳酸突然衝上鼻子好嗆。

「……是。」

「不用那麼緊張啦。〈三十〉的影片，堤要不要也拍一段試試看？」

「咦！」

〈三十〉的正式標題是《三十而立》，是一個每週一次、一次十分鐘左右的企劃單元。日本邁入平成轉眼三十年，已經確定明年會改元⑩。於平成開始的同時出生的孩子如今也已長大成人，在時代交替時他們有什麼想法、過著什麼樣的人生？這個單元定調爲聚焦於人的迷你紀錄片，一直堅守ＰＤ也是同年代的原則。

「我是昭和出生的啊。」

「幾年？」

「六十三年⑪。」

「沒差多少啊。是這樣的，這個本來是池尻在做，可是他震災企劃那邊變得很忙，要兩邊並行好像有困難。堤，你做了兩年還沒有自己完成過一段嗎？我想差不多可以試試了。」

怎麼樣？——被這樣問起，晴一難以作答。若問他想試還是不想，絕對是後者。

「你也知道怎麼做影片了吧？現在也在做編輯了。」

用攝影機拍攝、使用編輯機和軟體，這些他並不排斥。但是，

「〈三十〉感覺有點像跟拍不是嗎？我沒什麼把握。再說，也沒有對象……」

「啊，對象沒問題。有一個已經答應池尻了。」

10. 本篇的背景為 2018 年，即平成三十年。明仁天皇於平成三十一年四月三十日退位，翌日改元為令和。因此 2019 年為平成三十一年，也是令和元年。

11. 昭和六十三年為 1988 年。翌年 1989 年便是平成元年。

「可是，因爲他太忙結果來了一個代打的，對方不會不高興嗎？」
我說啊，堤，中島的語氣變得有點嚴肅。
「那方面我們會取得對方諒解的。你也差不多該好好挑戰一下，做出一個能稱爲作品的作品了吧？」
「噢……」
「我是不想提到年紀，但你現在才開始這個工作是算晚的吧。跟二十出頭的小鬼們一起當ＡＤ不難過嗎？」
「我不怎麼在意。」
這是眞心話。待遇雖然不好，但不必負責的低層輕鬆愉快。
「等你過了三十五就不能說這種話了。別的不說，身邊的人都會在意。ＡＤ和ＰＤ薪水也不一樣，總之你試試看。我也會儘量協助的。」
晴一早就隱約感覺到了，這表面上是問他的意思，其實並不容許他拒絕。
「……好。」
「是嗎，加油哦。播出日期多少可以協調，做出一個你能接受的作品吧！」

回答是的聲音，連晴一自己都覺得跟沒氣的汽水一樣沒勁。因爲手心的熱度而變得不太涼的歐樂納蜜C好甜膩。中島說句拜託了，拍拍他的肩，晴一便趁機回了員工室，只見結花一臉興趣盎然地等著他。

「怎麼樣？」

「不是戰力外宣告。」

在站前的麥當勞說了前因後果，得到結花很樂天的一句「那很好呀」。

「中島先生人眞好，都有替你考慮呢。有些正職人員表面和善內在卻很渣。」

「妳說誰啊？」

結花語氣莫名熱切，晴一便問了，但她卻說「沒有啊」銜起吸管裝蒜。

「很好欸，處女作是〈三十〉，那基本上都是自己拍的吧？不用對攝影大哥低聲下氣。」

「壓力反而更大。要訪上好幾次建立人際關係誘導他說出眞心話……這

種的，我最不行了。」

「請女朋友讓你練習訪問嘛？」

這個即時的話題讓他一時僵住，但隨即便老實招認「我們分了」。一方面也是有想向誰吐露圖個輕鬆的心情。

「真假？」

結花拿著薯條的手停住了。

「什麼時候？」

「今天半夜。其實不是我們分了，是我被甩了。」

「可是你看起來挺平靜的啊，晴一情緒總是很平，所以我都沒發現。」

「震驚是一定的啊，暫時不想去ＵＳＪ和海遊館出外景。」

「哦——。可是，雖然是被甩了，曾經是男女朋友就很幸福了啊？」

晴一本來想抗議說這是風涼話，沒想到結花的眼神意外認真，他就什麼都說不出口了。雖然覺得半年太短，但他也不知道到底交往多久才算夠長。

晴一既沒有結婚的意願，也沒有足夠的收入建立家庭。剛交往興致高昂的蜜月期過後，想像看不到未來，只是拖拖拉拉維持關係，的確不算美好。

「不過，不試不知道。對方是什麼樣的人？」

「資料我還沒看。池尻已經幫忙徵求到對方的同意了。」

「那，頭一件麻煩事就已經解決了啊。要約到受訪者可是一項艱鉅的工程呢。」

「嗯。」

在電話中取得對方的同意，問店家是否可以入內拍攝，交涉能不能露臉……這全都是晴一不擅長的工作。如果是電子郵件那還好，但實在緊急的就要打電話，或者直接找人，這類場合很多，每次他都心臟狂跳手心冒汗。要向一個未曾謀面的人突然這麼厚臉皮的拜託，他實在無法不畏縮。這年頭還食古不化地認為「能上電視應該很高興吧」的圈內人其實不少，這是他誤闖進來以後才知道的。也許就是要像他們那樣神經夠粗、臉皮夠厚才幹得下去。

在麥當勞前解散後，結花立刻走向ＪＲ環狀線福島站，一邊打電話。

「木南？我現在在福島，要不要我買甜甜圈回去？」

是那種跟熟人說話的聲音。比跟晴一講話時更加隨興而親密的語氣，讓晴一心想，原來她是有男人的。即使是完全沒有視爲戀愛對象的女人，一知道她有男朋友也感到失望，這是爲什麼呢？而且明明也不指望她回頭，但在說「拜喔」之後看著她逐漸遠去的背影好落寞。晴一總是不知道何時可以收回視線，結果都傻傻站立許久。

走到梅田搭阪急電車，再從南方站走十分鐘回到公寓，鞋櫃上擺著彩美買回來的香氛容器。因爲一樓是拉麵店，她不喜歡四坪的套房裡滿是豚骨湯頭的味道。開口很小的瓶子裡插著很像義大利麵條的棒子——正式名稱叫什麼來著？晴一一時興起湊過去聞，什麼香氣也沒有。剛拿來的時候明明香得讓人害羞，不知不覺習慣了就沒感覺，香氣變淡了也不以爲意。晴一一把抓住僞義大利麵條抽出來，丟進垃圾筒。這算什麼垃圾？算了，就可燃垃圾吧。對了，瓶子也要丟。不要留一些不知道有沒有用的東西。

說起來，她說什麼「別指望我會隨便就讓人進家裡」，連她家距離最近的車站都不肯說，卻隨便用我的房間。查看洗臉台底下的收納空間，沒看到占領其中一角的彩美的過夜包。這就表示她提分手之前就已經冷靜地做好準備了吧。雖然氣自己太遲鈍，完全沒注意到女人的準備之周到，但湧上的怒氣立刻就沉沉地囤在胃裡，好像會讓剛剛吃的雙層吉士堡消化不良。彩美是從什麼時候不喜歡自己的呢？一開始想像，本來就不太好的腸胃，冷意就從裡面竄出來。想著不如早點去睡，沖了澡，倒在床上滑手機時，收到了池尻的LINE。那是晴一奉命當救火隊的〈三十〉的資料，所以晴一回了一個「謝謝」的貼圖就把手機放在枕邊。明天再看就好。

但當他關了燈閉上眼睛幾分鐘後，手機響了。

「……喂。」

『辛苦了。資料你看了沒？』

池尻那明明就不止三十卻生氣勃勃的聲音，光聽就覺得HP被吸走了。晴一雖然覺得在同齡的人當中跟池尻算是感情不錯的，但池尻每次都讓他深深感到，同樣是人，他們的類別未免差太多了。

「還沒，今天太累了。」

明明以明顯低沉的語氣回答，對方還是沒有掛電話的意思。

『啊，是喔？』

「咦，難不成很急？不馬上看不行？」

『不是，我只是想講講話來提神而已。』

「誰管你啊。」

『別這樣，震災企劃太難搞了。光素材就多到靠北，其實每年做的都差不多，卻又不能不做。』

因爲池尻嘰哩呱啦地說，晴一錯失了掛電話的時機。

「要怎麼切入？」

『跟往年一樣。不要讓震災的教訓風化啦，要怎麼傳承給年輕一輩那些……震災以後出生的人都已經在上班了啊。』

即使是當時七歲的晴一，也沒有留下多少記憶。老家也在大阪市內，那時候當然搖得很嚇人，但停電也只停了一下，記憶鮮明的是父母忙著整理家裡的身影。對於「災情慘重」的認知是在別的地方，個人情感則很淡薄。聽池尻說得這麼不帶感情，那他肯定也差不多。

『想說來擬流程寫原稿，結果想得我都快吐了。』

還有，旁白是三木小姐——池尻講了一個陌生的名字。

『以前沒合作過不知道會怎樣，會緊張。』

「三木小姐是誰？」

『被派到東京，今年春天才回來的女主播。平常都是播整點新聞的。夏天也做過戰爭相關的旁白。你不知道她？四十幾歲，算是高䠷形的美人。』

「哦……那我大概知道了。」

晴一對她唯一的印象是長得有點凶、看起來很可怕的女人。像晴一這種不起眼的小咖跟她講話或打招呼，一定不會回。

「派到東京，那她在東京也是主播嗎？還是記者？」

無論哪一種，肯定都是因爲很優秀，但池尻回答『算是記者』的聲音裡卻有笑意。

『這件事很有名，吶，就是去年過世的村雲先生啊，她是跟他搞外遇才被調過去的。』

「眞假？」

晴一從沒在公司裡見過村雲清司。但凡是大阪土生土長的人，沒有人不認得他的面孔和聲音。忽然覺得那種會上週刊的八卦就在身邊，晴一有點興奮。

『大概是十年前，聽說當時場面很精彩。不過我那時候還是個學生打工仔，不太清楚就是了。』

「她長得很美啊。」

『你這樣講，小心惹火彩美哦。』

「我們分了。」

『咦，什麼時候？』

晴一把說給結花的說明照樣說了一遍，池尻沒有表示同情，倒是頗愉快地說「下次再一起聯誼」。

「我暫時不用了。」

『別這麼說嘛……剛講到哪裡？對了，〈三十〉。我跟你說，要受訪的叫並木廣道，一個諧星。』

「沒聽說。」

『他不是那種會上電視或去比賽的人，主要是跑醫院逗小孩的。』

「哦。」

池尻說，那是他採訪在醫院表演雜耍和魔術的「紅鼻子醫生」小丑時認識的。

「那，那個人也會丟球丟雜耍圈嗎？」

『不是，是相聲。他的搭檔是腹語人偶。』

當時，晴一腦海裡浮現的是「關西電氣保安協會」的廣告。莫名的業餘感（好像真的是業餘的）很好笑，「關西電氣保安協會」的句子很洗腦。

「好笑嗎？」

『普通吧。表演給小朋友看的，也不能用什麼很毒的哽。』

「這樣能生活嗎？」

『醫院那個基本上是義工，有時候會去賺錢，不過收入就只夠付交通費。不過，他本人大學畢業以後在外資創投還是什麼上班，幾年就賺了不少，說生活暫時沒有問題。有一天突然辭掉工作，進了諧星的學校，然後就簽了經紀公司和人偶搭檔……光經歷就很有意思了吧？』

「是啊。」

〈三十〉採訪的不是名人，而是以「經歷令人意外的一般人」爲主要概念，所以就著眼點而言的確不錯。晴一擔心的是池尻說「我跟他一見如故，我拜託他接受採訪他就OK了」這一點。

「人家是因爲你才答應的吧。我傻傻地去他不會拒絕嗎？」

『不會，你放心，我已經跟他說了。他的反應是，啊，是嗎。我跟他說等我這邊弄好了請他喝一杯，他人很好的。』

就算給了池尻好臉色，也不見得就「人很好」。常吃虧的晴一實在無法放心，但就算跟池尻說了他也無法理解吧，而且工作都已經接了也只能認了。便要求說「也要請我啊」。

「馬上就要發獎金了吧，你可以拿到跟大麥克一樣厚的鈔票吧。」

『最好是啦！好了，公司見！』

沒答應要請客就速速結束談話。好個精明的傢伙。而池尻很懂得如何以討喜的態度包裝自己的精明讓身邊的人接受。晴一有時候也是會被他惹火，但不會眞的生氣。這種個性眞是吃香。自己的個性就很吃虧。無論再怎麼精挑細選，晴一排的那一行隊伍一定都最慢，和朋友說老師的壞話就一定會傳進當事人耳裡，然後只有晴一一個挨罵。他認爲像池尻那種人，天生就具有能驅避那類小小倒楣的能力。他把手機放在被子上閉上眼睛。

今天，餐廳入口的公告欄上貼著工會的傳單。那是浪速電視台的工會，所以當然與晴一無關，他之所以不自覺地停下腳步，是因爲視線被「關於年底獎金」的大標題吸引。晴一不知道工會對經營管理階層的不滿和批評是對是錯，他唯一能理解的是，正職員工能領到幾百萬。每個月領的薪水一定也是多讓他們這些外聘的眼花。聽到池尻不經意一句「這個月加很多班，加一加超過七十」時的震驚，晴一一直忘不了。比晴一三個月的薪水還多。

什麼叫「最好是」。池尻裝蒜的方式雖然讓人有點火大，但他是靠他自己的能力脫穎而出拿到高薪的工作，沒有道理要被一輩子過得渾渾噩噩的人敲竹槓。晴一沒有什麼物欲，衣服穿優衣庫，吃的不是超商就是電視台的餐廳，外食就速食店或連鎖居酒屋還搭配折價券。和彩美約會花太多錢的那個月，就靠零卡可樂灌飽肚子不吃飯，減肥效果還滿好的。雖然被結花說「你本來看起來就弱不禁風，這下更寒酸了」。薪水將近二十萬，沒有獎金沒有儲蓄，卻也不覺得生活有困難。要是年紀大了不再健康了、要是沒有工作了——就算現在懷著這些不安又能如何？頂多就是在超商看到年紀大的店員站收銀動作很慢時，也不發火。因爲他認爲那可能就是將來的自己。啊，不過在超商打工的其實都很能幹喔，畢竟他們有那麼多工作。要是自己站櫃台，他能想像得到的只有他對香菸品牌不知所措、被客人罵「不是那個，就跟你說是旁邊那個啊」的情景。

他對未來沒有任何看法，只隱約感到「走投無路」。他有把握的是，自己正緩緩下坡走向付不出房租、被斷電這類眞正的「走投無路」，而且沒有往上爬的日子。老家的父母也好、小他四歲嫁給電梯維修公司員工的妹妹也好，經濟都不是特別寬裕。想來自己會就這樣在微貧中走完一生吧。比起此時此刻的人生苦澀，更可怕的是永遠學不會如何脫離這番苦澀那種眼睜睜看著自己無望去除苦澀味的無力感驟然來襲。

明明在同一個屋簷下、同一個樓層工作，池尻等正職員工卻是另一個世界的人。就算都在餐廳吃同樣的飯、吃同樣的零食，人生中累積的財富和經驗相去何止千里。亞馬遜和蘋果那些天邊的人也是無法想像的異次元的人，但偶爾從縫隙中窺見的「勝利組」的世界之遙遠則是眞實的。「階級差距」這個簡單的詞，無法充分形容他對這種隔閡的空虛、寂寥。

……胡思亂想一陣，人便清醒了。都怪池尻打什麼電話啦——晴一嘆了一口氣，又滑起手機。

點開寄來的資料，內容和池尻說的差不多。裡面有一張抱著嘴巴能夠開合的、木偶般的人偶的宣傳照，即使扣掉修片不算，也還是個帥哥。白得簡直會發亮的牙齒讓疲澀的眼睛感到刺眼。個人經歷寫得很簡單，畢業自晴一無論投胎幾次都考不上的大學，在日經新聞常見的外資企業（問他那是做什麼的他也答不上來）工作後轉換軌道成爲諧星。當諧星之後似乎沒有特別的成績。這簡單得不能再簡單的個人經歷，看得出經紀公司也沒有在他身上花什麼心力。話雖如此，這世界沒人知道什麼會爆紅，搞不好會突然一炮而紅，賺得比在外資企業的收入多。像這種人，就是會有時來運轉的時候。即使多少有些波折，但在人生遊戲的緊要關頭都會停在有好處的那一格。晴一從並木廣道身上感覺到這種「陽」的氣場。

透過經紀公司預約了採訪日期，三天後，晴一見到了本人。他說要在豐中的醫院爲孩子們表演，晴一便帶了小型的攜帶型攝影機和三腳架去找他。沒有能助一臂之力的ＰＤ，也沒有攝影師幫忙拍攝必要的畫面，這樣的壓力，讓晴一的心情沉重得與輕裝簡配的外景成反比。〈三十〉的概念是「像YouTube那樣」，原則是不要太精緻刻意。拍攝用的是手提攝影機或手機，極力避免使用麥克風，也不必一定要照劇本走。姑且不論想儘量壓低成本的預算考量，企劃的宗旨是捕捉同世代的人在自然交談中閃現眞心或新面貌的瞬間。但其實這年頭當紅的 YouTuber 對人員和器材的投資才沒在手軟，而如果要不倚靠技術或劇本，就更考驗PD的綜合能力，因此對晴一來說門檻很高。他當然沒有想要趁當PD的機會好好表現、拍出有自己風格的VTR這種抱負，去拍百貨公司地下美食街辦的車站便當排行榜輕鬆愉快多了。

看到一個男子提著大大的波士頓包站在岡町站的收票口，晴一趕緊小跑，卻因爲太急而被自動收票機的 ICOCA[12]卡住，響起錯誤警示音。不是「怎麼偏偏在這時候出錯」，是他的人生早已設定好就是在這時候出錯。

12. 類似於台灣的悠遊卡，主要流通於日本關西地區，可作為電子交通票券和電子錢包。

「對不起，我來晚了。我是《晚間天線》節目的堤。」

「哦，你好。」

令人心生好感的笑容和隨興點頭的角度，讓他看起來更像能幹的業務，住豪宅開高級車的那種。無懈可擊的氣質立刻就讓晴一自卑，覺得不太可能找得到同世代熱烈討論的共同話題。晴一手忙腳亂地遞出名片，他說「不好意思我沒有名片」一邊小心將名片收進錢包裡。

「對不起，池尻因爲其他工作安排不過來，臨時由我接手。」

「啊，是的，我聽說了。要您代打，我才不好意思。因爲我這個人很無趣的。」

「哪裡哪裡……您現在要去醫院吧。我可以開始拍了嗎？」

「請拍請拍。」

「有時候我會問一些明知故問的問題，那是爲了向觀眾說明，要是您能回答就太好了。」

「我知道了。」

晴一配合著廣道的步伐，在他旁邊架起攝影機。

——請問今天要去哪裡？

——M醫院。有一場爲兒童舉辦的聯歡會。

廣道提起波士頓包朝向攝影機。

——那個就是你的搭檔喔。

廣道本來要點頭，卻突然收起笑容，停下腳步。

「不好意思，這是第一次，就容我不客氣說一句。如果你覺得我很麻煩，那我很抱歉，要取消採訪也沒關係。」

「啊，好。」

晴一趕緊放下攝影機。光是被人擺出嚴肅的面孔他就會全身僵硬，心臟撲通撲通跳得很大聲。廣道將拉鍊拉開一小段，讓晴一看裡面的東西。一出現不會說話的人偶那圓滾滾的眼睛，即使早就知道還是莫名心驚。

「他雖然只是一具人偶，對我而言卻是重要的搭檔，能不能請你不要叫他『那個』？」

「啊，好，好的。是我失禮了，對不起。」

發熱衣底下大爆汗。晴一很怕叱責。雖然可能也沒人擅長，但即使是稍加警告，他也會覺得自己整個人被人NG而不知所措，於是急著圓場，最重要的必須改善之處反而記不住，以至頻頻犯同樣的錯誤。此刻他心裡就想著一定不能讓廣道不高興，一手拿著攝影機一直鞠躬行禮，害廣道臉現困惑，急著說「沒有這麼嚴重」。無法好好說「我以後會注意」而害現場的氣氛變得很尷尬也是晴一常犯的毛病。

「走吧。還有，也許我不應該多嘴管VTR該怎麼拍，不過與其由堤先生問『這是你的搭檔吧』，不如問『包包裡面是什麼』，才比較能勾起觀眾的興趣吧？」

「啊，是啊，那我就這麼問。」

晴一立刻表示贊成，然後又找了藉口：「其實我一直在這兩種說法中猶豫。」

「可是，我們當然是在知情的情況下採訪嘛，還是有點覺得會不會太刻意……」

「原來如此，那就照原來那樣。」

「哪裡哪裡，說話的人沒有壓力才是最好的。」

啊啊，眞是的，我果然不行。見面才不到一分鐘就搞得亂七八糟，我實在不適合。對自己的煩躁就像柏青哥的小鋼珠般到處亂彈，也彈向了責怪他無心的發言的廣道。什麼嘛，人偶就人偶啊，「那個」又怎樣？都幾歲的人了噁不噁心啊。當然他不會說出口，而且多虧他與生俱來的八字眉，也就是結花等人說的「衰尾臉」，即使內心罵人卻從沒被看出來過。晴一從頭重拍。

——對了，那個大包包裡面是什麼？

——你覺得呢？

廣道一副「我已經既往不咎囉」般開朗地笑了。

——魔術的小道具……。

——哦，很接近哦。是我的相聲搭檔。

晴一認爲交談很自然。令他吃驚的是，廣道面對鏡頭完全沒有露出絲毫異樣，說話很自然。這類密集跟拍的企劃重點之一，是能不能讓受訪者習慣攝影機這個異物。無論是老是盯著鏡頭，或是相反的視線一直迴避鏡頭，觀眾都會覺得格格不入。這是來自當諧星的經驗嗎？還是與生俱來天不怕地不怕的明星氣質呢？晴一總覺得是後者。

從車站走了十分鐘左右抵達醫院，首先就是在事務室進行一連串的採訪相關注意事項。池尻一句「已經取得醫院同意了」說得簡單，但事前的ＯＫ和現場的ＯＫ往往有很大的誤差。可以拍的只有廣道表演的五分鐘、會看出兒童的長相和姓名的地方全部都要打馬賽克、拍攝訪談時一定要取得各家長的同意……明明一項項都仔細確認過了，等到拍攝之後又跑來抗議「沒有講」的情形是家常便飯，所以必須小心再小心。具體爭取ＯＫ的範圍也是晴一不擅長的工作。如果答應對方所有的要求，很可能就「什麼都不能拍」，但就請人接受採訪的立場而言，又很難提出要求。厲害的ＰＤ可以不損及對方心情圓滑地提出要求，但晴一當然不可能有這樣的技巧。所幸，廣道居中一一幫忙說話「我也拜託您」「有的媽媽也喜歡上鏡頭」。

交誼室裡裝飾著色彩繽紛的折紙和拼貼，晴一在小朋友們身後看了並木廣道的相聲。

「大家好！我是廣道哥哥。大家每天都在醫院裡很努力對不對，今天廣道哥哥和這裡的 YUTA 弟弟一起說故事，希望大家喜歡聽。」

在說不上熱情的掌聲（最用力鼓掌的是護理師）中廣道將手伸進抱在胸前的搭檔——YUTA 背後，活動他的嘴。同時裝出尖細的聲音，YUTA 說了：「你好！」

「廣道哥哥、廣道哥哥！」

「怎麼啦，YUTA 弟弟。」

「今井姐姐的男朋友昨天偷吃了她的泡芙，她氣死了。」

孩子們的視線聚集在站在一角的年輕護理師身上，響起笑聲。難爲情地搖著頭的她，應該就是「今井姐姐」了。晴一感到佩服：原來如此，很聰明。小孩子大多喜歡學校老師之類自己知道的人的哽，而且由外部的人開玩笑，就能笑得毫無顧忌。

「好了，YUTA 弟弟，別亂講。」

「所以今天早上抽血才抽得有點粗魯。本來抽十CC就好了，卻抽了一整個臉盆。」

「那怎麼行呢。」

「可是從耳洞打回來了，所以沒事。」

「很恐怖好不好！」

讓可愛的人物說略帶地獄哽的笑話並不是什麼新穎的手法，而且因爲一人分飾兩角，對話的速度無論如何都會偏慢。老實說，在大人眼裡並不是有趣、能夠收錢的相聲，但孩子們看得挺開心的，而且五分鐘的表演結束後，廣道額上閃著汗水的笑容也發著光十分上相。晴一在醫院大樓外的長椅上再次展開訪問。

——你是什麼時候遇見搭檔 YUTA 弟弟的？

——滿久以前了，大一的時候吧，在我常去的二手用品店看到，就把他帶回來了。我考慮當藝人的時候，就是突然想到，覺得搭檔非他莫屬。

——所以就是命中注定的相遇了。

——是啊。

——在孩子們面前表演相聲感覺如何？

——很開心啊。今天的小朋友算是比較溫暖的，因爲常常遇到都是從頭到尾沒有反應。

——遇到那種時候，不會很灰心嗎？

——不會。他們平常的治療啊檢查的，一定比我辛苦很多，怎麼捨得硬要那麼辛苦的小朋友們擺出笑臉呢。

從長椅上，可以清楚看見醫院院區內的人行步道，以及整排的銀杏。不知是否受到暖化的影響，都快十二月了，樹上金色樹葉依舊茂密，在午後的陽光下閃耀，遠遠看也燦爛奪目。晴一覺得很適合用來做過場鏡頭。就算沒有特定的用途，有美麗的風景總是方便，拍起來有利無害。

「並木廣道，眞是個好名字。」

就話題而言很突兀，但晴一想到就說了。

「謝謝。」

「廣道是誰取的呢？」

「啊，我自己取的。」

「咦？」

「這是藝名。」

廣道不好意思地說。

「雖然覺得不紅還取什麼藝名……啊，本名不公開，麻煩了。」

意思是私下也不願意透露嗎？晴一覺得被變相拒絕了。一定是因爲交個女朋友卻只知道LINE的個資就分手的傷還沒好。但，他又沒有膽子說「咦——，我不會播，告訴我啦」主動去接近人家，便說「這樣啊」，換了個問題。YUTA弟弟收在廣道身旁的波士頓包裡，靜靜地聽他們說話。

「普普通通啊。」

請同公司的前輩導播看當天拍的帶子，大致報告了一下，得到這樣的評語。

「普通……我不覺得啊。」

「不是啦，說普通是有語病，不過頂尖上班族辭掉工作的例子很多啊。搬到離島去住啦，開始種田什麼的。有沒有比較吸引人的小故事？你問過他爲什麼要在醫院表演相聲嗎？」

「今天時間有限，還沒有問到那裡。」

「那等你把關係培養好一點再說吧。」

「聽池尻說，他是看電視看到紅鼻子醫生，很嚮往這樣。」

「哦——。」

前輩用著那種把不求人的尖端換成按摩球的按摩用具一下一下用力按著肩胛骨，以一句「那也太弱了」否決。

「沒有什麼別的嗎？像是自己小時候大病一場，還是家人死了之類的。」

那才眞的是狗血掉牙的小故事。根本就矛盾了嘛——晴一藏起他的不滿，只答「我跟拍的時候再問問看」。經過新聞樓層的編輯室前看池尻在，便說聲「辛苦了」。

「喔。」

「我今天去拍了，並木先生。」

「他人很好吧？」

「人是很好，可是前輩說故事太單薄。」

「哈哈。」

池尻倒在椅背上笑了，倒得讓人擔心椅子會不會翻過去。

「那算什麼啊，說別人的人生單薄，他以為他是誰啊。都說要真實、要紀錄片，真的拍出來又嫌要素不足、沒有什麼別的，要加東加西的，又不是拉麵店加配料。」

看似吐苦水，用的卻是心死的語氣。不同於頭一次正式製作影片的睛一，池尻一定是看透「就是這樣」了吧。在攝影機前看似未經安排自然流露的喜怒哀樂，其實多半是演的、被誘導出來的一幕。就像做菜的事前準備，如果不是一定程度策動受訪對象湊出想要的畫面，便拍不成影片。YouTube

可以拍一個勁兒吃東西的畫面還是有幾十萬的點閱，但電視不同。當拍攝的主題是「人」而不是關鍵瞬間或美景時，是不允許原樣呈現的。

「池尻，你爲什麼會想訪他？」

「因爲好像很有趣。」

「結果被人家說不夠有趣。」

「但也不至於拍不成十分鐘的片子吧。他外表乾乾淨淨的，畫面就好看，而且他人很聰明，又是諧星啊。我覺得，他應該會以服務精神回應我們的要求，拍起來應該很順利。」

再拍下去一定可以拍到很不錯的場面的——池尻隨口保證之後，便面向電腦。桌上有三瓶提神飲料，可見他有多忙。就算高薪，這份工作我也做不來——晴一心想。要是自己被電視台採訪，會從哪個切入點來看呢？低收入、派遣、單身、不求上進的年輕人……不對，這個年紀還說年輕好像太不要臉了。用負面元素來挑也沒有意思。沒有什麼值得說的。就算要走消極路線，更有光彩的人多的是。自己都這樣了，卻要去要求別人有吸引人之處，未免太可笑。戲劇化、有故事的人生怎麼可能俯拾皆是。會高喊什麼自己的人生由自己主演、不求第一只求唯一的人，說穿了還不都是高高在上的人生勝利組，他們本來就站在能夠傳播這些金句的地位。

越是看攝影機另一頭、攝影棚照明正下方的人，晴一就越覺得自己從手指變透明漸漸消失。他總覺得，要是眞的能消失該有多好。

「不好意思，我們是浪速電視台的《晚間天線》節目……」

被問到的人躲得就像晴一含蓄地遞出去的麥克風上沾有病菌似的。

「能耽誤您一點時間嗎？」的固定說法甚至沒有機會完整說完，只留下晴一僵硬的假笑。

「今天的打擊率也好低啊。」

向負責拍攝的後進AD傻笑著這麼說，也只得到「哦」帶著翻白眼意味的冷漠附和。眞想說不然你來啊，但很可能被視爲對小他近十歲的新人的職權騷擾。街頭訪問，是晴一在萬事不拿手的業界工作中特別討厭的工作之一。都已經報上名號、也穿了有節目LOGO的夾克了，但只要露出要靠近的樣子行人就大大繞圈，一副「你想幹嘛」地瞪過來，要不然就是「不行不行，不要拍」伸手擋鏡頭。才不會拍你咧，你臭美。大家都說大阪同意的機率比東京高，但晴一對街拍沒有任何好的回憶。站在沒有任何遮蔽物的天橋上，梅田的大樓風一吹，薄薄的夾克根本一點寒意都抵擋不住，從骨頭裡冷出來。在大阪車站前如蜘蛛腳般合縱連橫的這座天橋，不然就是天神橋筋商店街、京橋的車站前。即使是常有街拍、行人眾多的鬧區，不知爲何就是不順利。晚上還曾經被醉漢糾纏倒大楣。越是急著想早點做好問卷早點回去，就越是找不到人，來來去去的行人每個人看起來都像離群金屬史萊姆。不是速速逃跑，就是冷冷看上一眼就丟下東西逃走。無論是哪一種，晴一都拿他們沒辦法。越來越覺得自己比呆坐在那裡低著頭的遊民大叔還慘，好想一丟了之。眞想立刻脫下這爛夾克扔到下面馬路上，看著它被一輛輛駛過的車輛壓扁來洩憤。正當他就要逃進灰暗的幻想中時，身後有人叫「堤先生」。

「你在做什麼？」

一回頭，提著波士頓包的廣道從阪急百貨公司那邊走過來。

「啊，你好……」

被看到淒慘的一面了。晴一盡可能不和他視線交會，點頭致意。

「在做街訪嗎？看起來是電視的工作啊。是做什麼調查？」

「喜歡的鍋類。」

「很應景啊。」

也不知道哪裡好笑，他哈哈笑了。

「要問幾個人？」

「一百個。還有同事在其他地點，我分配到的是二十五個。」

「哦，目前的進度呢？」

「三個。」

被人乾脆俐落地問起不樂觀的狀況，簡直像被公開行刑。你趕快走開啦。但廣道不僅沒走，還很親切地舉起一隻手：「啊，那我也可以回答嗎？」

「我喜歡的鍋是雞肉鍋……這樣就好了嗎？啊，上字幕的時候麻煩打二十多歲的搞笑藝人——」
被廣道的開朗影響，沉著一張臉的AD也笑了。
「謝謝你幫忙。」
「啊，不過正在接受跟拍的人回答是不是不行？會不會被認爲是造假的？」
「沒關係，這是要統計的，實際播出會出現的頂多五、六個人。」
「那就好。堤先生，可以跟你借一下你的夾克和麥克風嗎？」
「咦？」
「三分鐘就好。」
好啦好啦——就這樣被硬脫下上衣。廣道說聲「YUTA就麻煩你了」把波士頓包塞給晴一，便大大方方在四周昂首闊步。
「堤先生，這樣好嗎？」
AD擔心地問。當然不好！晴一趕緊跟過去，只見廣道已經在招呼從大阪站御堂筋口上來的兩個結伴而行的年輕女孩了。

「不好意思——，我們是浪速電視台。現在方便嗎？啊，攝影大哥麻煩一下。」

一副以ＰＤ自居的樣子向ＡＤ招手，然後快活地對她們說「今天好冷啊」。

「對啊。」

「天冷的季節還是吃鍋最棒了，兩位喜歡火鍋嗎？」

「喜歡」「好想吃鍋喔」反應很好。

「兩位喜歡什麼鍋？」

「嗯——涮涮鍋吧。」

「我喜歡韓式豆腐鍋。」

「啊，辣的就是痛快。不好意思，耽誤兩位的時間。請記得收看今天的《晚間天線》哦！」

「咦，會有我們嗎？」

「這個嘛，看了就知道……」

不但立刻得到兩人份的回答，還說「再接再厲吧」開始物色起下個對象，晴一嚇得連聲說不，加以阻止。

「謝謝你，不過這樣就好了。」

「不過，可以再讓我問五個……三個嗎？這樣說可能有點冒犯，不過堤先生不擅長跟人搭話吧？我看你一副很棘手的樣子。不嫌棄的話，請參考我的做法。」

「呃，那個不太……」

晴一腦袋裡有的，不是自尊也不是良心，而是「被上面的知道了會被罵」。不知所措地回頭看ＡＤ，他卻尷尬地移開視線。一定是覺得他也做不了最終決定吧。要拜託廣道，還是要靠自己努力？晴一難以取決，風鑽過毛衣內側，背上涼颼颼的。這麼冷的天竟然在流汗。

「那這樣好了。」

廣道又提議了。

「我來搭話，堤先生負責問問題。請你跟在我後面。這樣就勉強說得過去了吧，對吧！」

說不說得過去的基準在哪裡，晴一不知道，但廣道的笑容有種讓人想依靠的安全感。結果便照廣道的提議，先由他親切地找人，再由晴一怯怯地進入正題，街訪便以這種形同詐騙突擊的做法順利進行。順利得剛才的苦戰像假的一般達成了預定數量，晴一深深行禮道謝：

「眞的很不好意思，謝謝你。」

「哪裡哪裡，很好玩啊。」

大概是與陌生人搭話的行為並不會對他造成壓力，廣道的笑容始終燦爛。

「堤先生，我猜你爲人大概是太認眞了。一臉正經，人家看到就以爲要問什麼麻煩的問題，就會先提防了。再放鬆一點嘛。」

「噢……」

要是能輕易做到，何樂而不爲？自己不是認眞，是不認眞又不懂要領，所以做什麼都不順。負負得正只存在於數學的世界。廣道坦然問道：「你現在不開著攝影機沒關係嗎？」

「咦？」

「跟拍的。」

「一定會挨罵的啊！」

大概是晴一表情太窩囊了吧，廣道笑出來。

「開玩笑的啦，那我走了，辛苦了。啊，可以的話，請寄DVD給我。」

廣道消失在阪神電車的出入口後，AD問：「那個人要去旅行嗎？」

「哦，我想應該是去表演。」

「他不是提著波士頓包嗎？」

「哦，那個是……」

說是搭檔之後，AD露出奇怪的表情。包包意外地沉，YUTA弟弟的體重看來有一公斤左右。當然不能跟真正的小孩子比，但一直抱著說話應該也很累。晴一覺得他真的是個怪人。

新聞直播完，正在員工餐廳吃晚餐時，中島來了。

「今天啊，我老婆開同學會。我想在這裡解決晚餐再回家。」

「啊，是嗎？」

在這句毫不機伶的附和之後話匣子也不開，兩人在四人座的餐桌面對面默默吃著咖哩，忽然間晴一被問起「怎麼樣？」

「咦？」

「〈三十〉的拍攝。」

「哦……幸好他人很好。」

「是嗎。」

連街訪都多虧了人家幫忙的事，中島當然不得而知，只見他鬆了一口氣般笑了。

「太好了，畢竟這真的是靠運氣和合不合。能拍出好影片嗎？」

晴一喝了一口涼掉的水，不置可否地說聲：「呃……」

「我沒把握。」

「一開始大家都這樣。」

「我也不覺得將來會有把握。」

「這一點大家也都一樣。」

中島鏘、鏘有聲地，好像連淺淺的塑膠盤都要一起挖似地一口口將咖哩送進嘴裡，然後不知爲何臉上露出一絲落寞。

「你還年輕，我是覺得最好什麼都試試，可是就是不懂老人家的心才叫年輕啊。」

「我不年輕了啊。」

「如果你不年輕，那我算什麼。……你一定覺得明明什麼都不會卻叫你什麼都試試，實在太亂來對吧。可是等你經驗累積到一定的程度變聰明了，就要面對失去年輕肉體的不便了。不能兩者兼得啊。」

「噢……」

比起這些，肉的纖維卡在臼齒更讓晴一無比在意。

「總之，我很期待你的處女作。」

「沒有什麼值得期待的大作……」

本來應該要接個「啦」，不知爲何卻因爲中島既不可怕也不銳利的視線而哽住了。

「十分鐘，很不得了呢。」

彷彿要附和般，中島在桌上的手機響了。拿起手機的中島「啊」的一聲，一臉尷尬。

「我女兒傳LINE來。怎麼辦，她今晚好像要做晚飯。」

「本來就約好的嗎？」

「不是，她應該是臨時起意吧。」

「中島先生只吃了一碗烏龍麵，回家應該還吃得下吧？」

「會說這種話，果眞年輕。」中島苦笑。

「那，爲了把肚子空出來，跑回家呢？」

「不行，我對那個有心理陰影。」

「噢……」

眞搞不懂。那我先走了——說著端起托盤站起來，中島提議：「你也找跟拍的對象像這樣吃個飯啊。」

「雖然很老套，但喝上一次，距離會拉近很多。如果說飲酒交心，會不會又被當作老不死啊？」

「喝的時候，是不是也拍比較好？」

「這就要看關係了。」

這個回答雖然好或不好都可以解釋，但至少中島臉上寫著「這還用問」——晴一這樣覺得。他很怕看關係這種曖昧的詞。自己心裡認爲的「關係」和對方心裡的完全一致才稀奇吧。即使如此，當他傳 LINE 向廣道道謝「這次很謝謝你，下次一起吃個飯吧」並且利用這個很及時的藉口約吃飯時，得到「樂意之至」的回答，還是鬆了一口氣。

在中津一家便宜的居酒屋會合，大著膽子問：「請問，可以拍嗎？」

「哦，好，請啊。」

廣道點頭，言下之意是還有什麼好問。也許用不著晴一擔心這擔心那，他早就已經料到了。

但也不過才安心片刻，點了一輪之後問店員：「請問店長在嗎？」店員的態度卻是「啊啊？」一副受到挑釁的樣子。

「現在在後面，請問有什麼事？」

可能是怕被投訴。

「啊，想說能不能在店裡稍微拍一下。」

「噢……我去問問看。」

店員以「少增加我的工作」那種懶洋洋的腳步進了廚房，換一個頭上綁著毛巾的中年男子出來，劈頭就說：「我們謝絕 YouTube 那些的。」

「啊，不是的。」

晴一說明了節目名稱和企劃概念，也不知有沒有聽進去，「哼——」以眼睛長在下巴上的動作俯視晴一，說「我沒看過」。晴一每次都覺得，不知道爲什麼，和「有看過」比，做出「沒看過」的反應的人，姿態都很高。

「要拍的話，就去徵求店裡每位客人的同意。」

「咦……那個，基本上我只會拍這一位。」晴一指指靠牆而坐的廣道。

「不會拍到其他客人，萬一拍到了，也會打馬賽克。」

「可是聲音什麼的……也有客人光是看到有人在拍就不自在。」

晴一心想，要刁難理由隨他愛怎麼說都有。感覺到店長無論如何都不願讓他如願的惡意，晴一只能讓步說「不好意思，那就不用了」。店長以凱旋的姿態抬著肩回了廚房，在一旁靜觀一切的廣道低聲問：「沒關係嗎？」

「不然我去交涉吧？」

如果一開始就由廣道出面，也許店長的態度會更平和一點。一這麼想，晴一不知爲何反而對廣道感到更加生疏。就是因爲有這麼陽光的人，我才會更加在暗處受凍。他盡力擠出笑容打圓場說「沒關係沒關係」。

「本來就應該一開始就拜託的，是我想得太簡單，以爲不至於會造成店家困擾。」

「換一家店吧。」

「不了，都已經點好菜了。」

才說著兩杯中杯生啤酒就來了。

「啊，來。不好意思讓氣氛變得不好，先喝再說！」

和還不服氣的廣道碰了杯，爲了掩飾丟臉，晴一大口灌酒，馬上就醉了。喝到飽眞是危險。廣道看著頂著一張通紅的臉搖頭晃腦的晴一，似乎覺得很有趣。店內架高的位置放了沒人看的電視，播放其他電視台的新聞。

——新的年號將於明年四月一日之後才會發表。

明年春天，這個工作我能順利做到那時候嗎？還是沒自信也沒確信。

「堤先生，你爲什麼做電視台的工作？」

「沒爲什麼……我也知道我不適合。」

「啊，那就不是你的志願了。」

變成鬆了一口氣的語氣。

「我在想，要是喜歡去做卻發現不適合，反而難過……如果不是本來想做的，那就還好。這樣的人多的是。」

本以爲他是在損人，但從笑咪咪地吃著泡菜的廣道身上，感覺不到絲毫惡意。看來只是酒精讓他多說幾句而已。沒錯，你說的對——晴一表示同意。雖然有時候會因爲不喜歡而格外痛苦，但因爲不喜歡，自我厭惡不至於達到頂點。隨時都準備好一條逃避之路：老子也不爽做啦！即使如此，晴一還是想回一句，便說：「並不是所有人都像並木先生這樣什麼都會。」

「我沒有啊。我當藝人又不紅。」

「以後的事很難說，而且，你自己也沒有想要紅吧？」

這一點，讓廣道露出有些意外的神情。

「何以見得？」

「因爲在醫院以外的地方表演，就算觀眾不喜歡、沒人看，你也不以爲意。這不是心理素質強不強的問題，如果想要在藝人這方面力爭上游，應該會不甘心，或是想要獲得更多的注意吧？」

「哦……」

廣道仍是帶著笑容，喝完了啤酒，叫來店員點了檸檬沙瓦。

「是啊，現在沒有在拍所以我才說，我是沒有上進心或野心的。在上一份工作看太多這種白熱化的競爭，現在只要能和勇太一起悠哉地說相聲就很開心了。」

微微向下的視線盡頭，是放在旁邊椅子上裝有勇太弟弟的波士頓包。對端檸檬沙瓦來的店員說「再一杯一樣的」，臉上出現一絲不悅。一定是在想，不會一次點喔。至於這在晴一那已經融化得差不多的理性裡是不是被害妄想，就不知道了。

「好從容啊。」手指玩著烤雞串一邊找人家麻煩。

「沒有啊。」

「又來了。」

「咚」，放上桌的沙瓦，晴一咕嘟咕嘟喝下。

「並木先生沒被女生甩過吧？」

「哦，是沒有。」

「看吧，我就知道！哪像我，前陣子才剛被單方面拋棄。」

「爲什麼會被拋棄呢？」

「好像是受不了我優柔寡斷。」

「那爲什麼會在一起？」

在暖氣太強的店內，酒杯表面馬上就不涼，沾濕了手心。晴一回答，因爲她很溫柔。

「很溫柔的人會單方面拋棄人嗎？」

「是我不好……我們是聯誼認識的。很老套吧。是同事的朋友約的……不是都會有自我介紹嗎，我說我是AD……那些女生就以爲所有人都是正職人員。」

事實上，五個人當中只有兩個是正職的。當彩美主動提出「來交換LINE吧」的時候，在約兩個人單獨見面的時候，晴一內心一直悶悶地飄盪著「騙人」的內疚。要是她發現她以爲是高學歷、高所得的電視人而看上的男人，是個不起眼的外聘小咖——但晴一也沒有用謊言包裝謊言的膽子，便早早傳LINE老實招認自己不是正職。彩美立刻便回覆了，但他怕得不敢打開來看，放了整整一天，彩美打電話來他順手就接了。

「你連看都沒看」彩美生氣，卻不氣晴一消極的謊言。

——是我自己誤會的啊。是啦，說不期待是騙人的，不過……我那時候就對晴一有意思，所以沒關係啦。

那時候的彩美很溫柔。才短短幾個月就讓人情淡愛弛的自己的無用，從被壓抑在心底的深處猛然急竄而上，突然間酒和下酒菜都無法入喉了。拿冰涼的濕毛巾按住含淚的眼睛，哽著聲說「不好意思」。廣道建議晴一「人越來越多了，我們走吧」。但來到收銀台前，才發現錢包裡只有一張千圓鈔，嚇得臉都青了。糟了，忘了領錢。感傷一下子煙消雲散。

「那個，我用行動支付。」

「我們只收現金或信用卡。」

「啊，那，我去一下超商，並木先生不好意思，請你在這裡……」

「不用不用，我來付。等會再算。」

廣道從寶緹嘉的錢包裡拿出信用卡時，駕照掉在地上。

「啊，我來撿。」

「不好意思。」

廣道的大頭照旁，記載著「古賀壯太」這個與藝名一點都扯不上關係的名字。晴一心想，並木廣道還比較適合他。一出店門馬上去超商領了錢還他，廣道買了兩瓶罐裝咖啡說「去消消酒氣吧」，約他去眼前的公園。從長椅這邊可以看到扭來扭去的章魚造型溜滑梯，吸盤的地方有無法解讀的塗鴉。

「無糖和微糖，你要哪一個？」

「啊……那請給我微糖。」

廣道遞過來的鐵罐並沒有很熱，但打開拉環，小小的洞口冒出細細的蒸氣，晴一覺得好像電鍋飯快煮好的時候。彩美說「這個我不用了」給他的兩人份電鍋至今仍在晴一屋裡。一想到已經沒有心血來潮爲他做飯和「電鍋也能簡單做的蛋糕」的對象，淚腺又差點鬆了，但這次他好歹忍住了。啜著微甜的咖啡時，廣道「啊」了一聲指著上方。

「剛才有流星。」

「咦！」

哪裡？明知道早就不見了卻還是忍不住會問，這是爲什麼呢？

「南邊……在都市裡其實還滿常看見的。」

「有嗎？我從來沒看過。」

「偶爾要抬頭看看天空啊。」

「哈哈。」

晴一發出乾笑。像BUMP OF CHICKEN⑬那種事，是很適合你啦——內心不禁暗酸。他對池尻的充實人生並不怎麼在意，但廣道的一舉一動，因爲內疚的關係反而動不動就讓他不爽。

「我認爲所謂的搞笑，像那樣才是最理想的。」

廣道讓咖啡罐在手中滾來滾去，一邊低聲說。

「一瞬大笑，然後覺得還不錯、看到跟平常不一樣的東西挺好的……就是，既不美也不酷，不過有點幸運這樣。」

每當他說話，端正的側臉嘴角就會呼出白色的氣息。喔，簡直就像樂團MV的畫面——這麼想的時候，晴一好想拍。手機也可以，好想把這一刻的廣道留在影片裡。他對自己的想法很驚訝。怎麼會有這種像導演的想法啊！

但他不敢動。一旦進入「攝影」這個工作，廣道的開關很可能會立刻切換，回到笑容可掬的「廣道哥哥」。世上的導演們，到底都是怎麼跨越這道溝的啊？

「平成也馬上就要結束了啊。」

廣道突兀地說。

「馬上喔，還有半年啊？」

「剛才的新聞不是說嗎，四月一日以後才會發表新年號。你覺得會是什麼？」

我哪知道。

13. 日本搖滾樂團，歌曲中經常提到星星和宇宙。

「我猜英文縮寫是M、T、S、H以外的，其他就猜不到了。漢字兩個字？」

並木先生覺得呢？晴一這樣反問，並沒有得到搞笑藝人應有的妙答，只是偏著頭說「很難說啊」。

「年底，浪速電視台也會做『回顧平成』之類的特別節目吧？」

「應該吧。」

然後應該會被叫去準備資料影片。

「說到平成，堤先生最有印象的是什麼？」

「東日本大震災。」

「哦。」

「並木先生呢？」

「阪神淡路大震災。」

答得毫不猶豫。廣道的聲音非常篤定，篤定得讓儘管一直生活在大阪，卻選擇了「東日本」的晴一感到自己薄情。阪神淡路大震災時，家裡亂成一團。東日本大震災則沒有遇到任何實質災害。但晴一還是聯想到後者，那是因爲記憶猶新，而且各種媒體的報導量也多了百倍千倍。廣道會提到「阪神」，一定是發生了比「搖得好厲害好可怕」更嚴重的事吧。只是，晴一不知道能不能踏進去，漫無目的地仰頭看著天空，肉眼可見的星星漸漸變多。但，沒有流星。

我們家有災情。廣道吐出這麼一句。咖啡完全冷掉了。晴一有點不知所措。腳底沙粒沙沙作響的聲音意外地響。

「我在避難所過了兩個月，仰望天空的習慣就是那時候養成的。街上漆黑一片，星星好美。」

遭受到了不能住在家裡的災情，造成的回憶一定不止這樣。震災當時廣道六、七歲，已經很能記事了。

「在我們避難的小學，有搞笑藝人來慰問……那組藝人叫什麼啊，名字跟顏色有關……在體育館的台上表演相聲。大家笑得亂七八糟，這可能就是我想當搞笑藝人的原點。在上班的時候，很忙很累，有一次實在爬不到床上就睡在走廊上。仰頭看漆黑的天花板，心裡想著，連星星都看不到啊，一九九五年冬天看到的星空是這輩子見過最漂亮的，想著想著，就想起看過相聲的事……」

爲什麼想當搞笑藝人？之前的採訪當然也問過，也聽池尻說過。

「那個，以前你說因爲崇拜紅鼻子醫生，那是……」

「哦，也不是騙人的，不過在我心裡算是備用回答吧。每個人不是都會有一些不願意在鏡頭前講的事情嗎？」

「噢……」

晴一個人當然能夠理解，但既然是以製作影片爲目的來接觸的，就不能隨便以一句「是啊」來贊同。彷彿看穿他的心，廣道苦笑說「對不起啊」。

「我這個人，應該說是毛很多吧，看起來放得很開其實不盡然……所以也沒有女朋友。」

反正還不是這幾個月而已吧——晴一訕笑。結果又一副完全在意料之中地強調「是一直哦」。

「我母胎單身。」

「不會吧？」

如果是現在從事搞笑藝人這個不穩的工作那就不難理解（雖然如果他想求包養的話大概隨便找都有），但這麼一個長袖善舞的帥哥竟然從來沒交過女朋友，這種事可能嗎？

「眞的眞的。」

大概是坐在不鏽鋼長椅上有點冷了，廣道攏起大衣前襟笑了。

「所以剛才提先生說起前女友的事的時候，我一邊聽一邊羨慕。有快樂的回憶，喜歡到分手後會哭，眞的很令人羨慕。」

第二天，把事情一五一十告訴了前輩導演，被罵「你在搞什麼」。

「爲什麼這麼重要的地方沒錄？不會把鏡頭一直開著嗎！去請他再講一次。」

「他說不願意在鏡頭前講。」

「他說不講你就不拍，那就什麼都拍不到了。交涉啊，要去交涉，他都肯跟你說這麼多了，一定是肯對你敞開心胸了，你就要去嘗試啊。不然你整支影片就拍一個普通的好人嗎？不要放棄，積極採取攻勢。」

好好幹啊！被激勵一番回到休息區深深癱在沙發裡，結花探出頭來。

「剛才有沒有被嗆？」

「多多少少。」

把同樣的話說了一遍，結花雙臂盤胸說「好難啊」。

「在對方稍微打開心門的時候拜託人家拍，人家很可能一回神就縮回去了，覺得說：啊，這個人是爲了工作。」

「就是啊。」

晴一點點頭，忽然產生一個疑問。

「他有打開心門嗎？」

「有吧？」

「我不知道。那個人有點難以捉摸。我又一直在他面前出醜，也許他是同情我。」

「你怎麼會有這麼自卑的看法？」

雖然讓結花傻眼，但這在晴一是事實。

「因爲看似放得開其實不是，是他本人說的。也許他說他沒交過女朋友也是騙人的，也許是備用答案。」

「爲什麼！」

「怎麼可能都沒有女朋友。連我都有了。」

「這很難說啊。」

不知爲何結花一副火大的樣子。

「世界上什麼人都有，就算有什麼還沒跟晴一說的苦衷也不足爲奇啊。」

「例如？」

「……他是同性戀，沒辦法跟女人在一起之類的。」

「什麼鬼啊。怎麼可能，莫名其妙欸妳。要是他是同性戀，才不會拿他沒興趣的女人當話題來自虐了。這玩笑一點也不好笑。」

晴一笑了。他以爲結花是在開玩笑。所以自己也自認用說笑的語氣回答，但結花的臉色卻明顯變僵，站起來。

「喂，怎麼了？」

「晴一，你這一點眞的很爛。」

一個轉身背對他，不客氣地說。

「自己容易受傷卻很白目。」

晴一愣住了。他不明白結花爲什麼突然生氣起來。不，那比生氣更尖銳，是名爲輕蔑的情緒。無意間惹怒以爲交情還不錯的同事令晴一震驚，也沒有勇氣問自己到底哪裡不對踩到雷。

第二天早上是棚內攝影，但因對方遲到，不在預期內的等候。是電影的宣傳，本來應該是拍訪問主演演員的，但演員本人卻沒來。經紀人一直行禮道歉說「他身體不舒服……」，但在場所有人都知道他本人幾個小時前才在推特上貼文說「在南區狂喝！」。因爲採訪的問題會提到社群網路，當然都會先爬文先做功課。在尷尬的氣氛中，負責導演對晴一耳語說「我得去打個電話」後站起來。

「堤，你去幫一下笠原。她什麼都寫在臉上，雖然是對方的錯，但女主播總不能板著一張臉採訪。」

所謂的幫，也就是想辦法去討好、讓她開心起來。負責採訪的笠原雪乃雖然是進來才頭一年的新人，但平常就不是那種客客氣氣的人，隱約感覺得出她我行我素的頑固，不同於三木邑子的棘手類型——雖然世上也不存在晴一「擅長的類型」就是了。她身上有一種管他是不是當紅炸子雞也會正面指責他遲到的氣氛。只見雪乃坐在攝影用的椅子上，面無表情地滑手機，晴一怯怯地對她說聲「請問」。

「我幫妳端杯飲料吧？」

「不用了，謝謝。」

得到一個冷漠生硬的回答。晴一以爲自己早已不再排斥對小五歲以上的人說敬語，但雪乃冷淡的態度讓他想起昨天的結花，便煩躁起來，覺得是怎樣？每個人都瞧不起我。

「不用去上廁所嗎？」

「想去的時候我自己會說，不用費心。」

明知道自己沒有在這種情況下透過閒聊緩和氣氛的本事，卻又不肯乖乖退下，或許是心裡對結花無處可去的憤怒造成的。

「晚一個小時很累喔，之後的行程不要緊嗎？」

結果雪乃輕輕嘆了口氣，回答「本來要跟前輩她們一起吃午餐的」。「三木小姐預約了餐廳，但我時間可能趕不及，剛才才傳 LINE 請她把我的份取消。」

出現了三木邑子的名字，晴一回道「哦，那個外遇的人」。他沒有想太多。有想的就是「女生都喜歡這類八卦」「認識的人的三流話題最熱烈」「二十幾歲的新人和四十幾歲的女主管鐵定處不好」這些。

但是，雪乃對晴一的反應卻是一聲「蛤？」。僅僅一個字當中，濃縮了憤怒、輕蔑、厭惡等所有負面的情緒，與字數不符的沉悶重重地壓在晴一胃底。感覺就像，明明只有小石子大卻重達一公斤。預期會有痛罵或抱怨排山倒海而來，晴一屏息以待，雪乃卻什麼都沒有再說。於是晴一親身體驗到所謂的沉默眞的會「殺人」。雪乃毫無轉圜餘地的沉默比過去晴一挨過的任何怒火任何說教都有力。當導演連聲「歹勢歹勢」地回來，晴一便交棒離開那裡，一會兒假裝要看進行劇本一會兒和攝影師說話，想瞞混他的尷尬，但在一延再延才進行的採訪，剛才的失言仍在腦海中揮之不去。

話雖如此，卻不是反省的念頭，而是擔心雪乃會不會向三木邑子打小報告這種小心眼。被主播部和正職人員盯上，約聘到期拿不到續約……那不如現在就解約，就不用想拍片的事了。將採訪室的鑰匙歸還給警衛室回來的路上，被池尻叫住。

「啊，堤，你來得正好。現在方便說話嗎？」

一看到他，瞬間感到猛烈的憎恨。還不都是你跟我亂講那些五四三的。爲了一點閒聊，卻只有我一個人陷入危機，未免太不公平了。可是，這股憤怒在膨脹到破裂之前就萎縮了。他也知道並不是池尻的錯。搞錯說話對象吃大虧是晴一的角色，池尻毫髮無傷。就是這樣。池尻是做什麼事都順利的人，自己跟他相反。又不是現在才這樣，晴一用陰沉的聲音回一聲「嗯」。

「我聽說了，並木先生的事。跟震災有關？」

「哦……嗯……」

「我知道，你不敢跟人家講得太深入。不過，既然是以密集跟拍為前提認識的，這當中不小心吐露的話，其實內心某處也是希望我們拿來用吧。」

「可是，他是因為沒有鏡頭才跟我說的。」

「也未必就真心這樣想啊。有時候過了一陣子就會改變心意，人就是這樣。我不也做了很多震災的採訪嗎，也有人說過了二十年才頭一次想跟別人談。」

「也許吧，可是……」

「怎麼樣？」

「我不知道怎麼開口。」

晴一吐露了很窩囊的煩惱。

「難道要問他說，上次的事，能不能對著鏡頭講一次嗎？那氣氛一定會變得很尷尬。」

「你眞的是不敢豁出去欸。」

什麼豁不豁得出去，你這個從來都用不著豁出去的人說的什麼風涼話——晴一在內心暗罵。那是豁了又豁的人才能說的話。還沒來得及豁出去就知道結果、豁出到一無所有的人的心情，你根本想像不到吧！」

「那我來幫你說。」池尻嘆著氣說。

「光是聽人家講會太乾了，也去採訪一下當時去慰問的搞笑藝人如何？」

在看不到未來的避難生活中，您的相聲爲我帶來歡笑，後來我長大後也成了搞笑藝人——雖然很「老套」但就電視效果而言卻不差。時間上也剛剛好。

「吶，這樣就可以在我的震災特別節目同一天播了。」

「可是，他說他不太記得名字。」

「那個我早就查過了。名字裡有顏色對吧，就是『黃色潛水艇良二・浩二』。你至少聽說過吧？實際上也有他們去避難所的影片。」

「小時候偶──爾會在電視上看到。不過最近完全沒消息了。」

「我打電話去經紀公司問，說他們拆夥早就不在公司了。不過如果想聯絡的話應該找得到吧。所以，現在就打電話給並木先生吧。」

「咦，現在就要打？」

「還有什麼好猶豫的？要是他無論如何都不肯，到時候再想別的就好，答案當然是越早知道越好。」

爲什麼呢？池尻的瞬間爆發力是「機敏」，而自己模仿起來卻是「笨拙」。

「啊，並木先生嗎？好久不見，我是池尻。」

當下就變成工作模式那種精神抖擻的音量。

「不好意思，採訪交棒給堤以後就一直沒辦法見面。不過，算是支援啦，會請他講給我聽。並木先生提到了震災的經驗吧……嗯，對──」

晴一提心吊膽，深怕惹電話另一頭的廣道不高興，但池尻向他使眼色表示沒問題。

「好，那有件事想跟你商量一下，就是來避難所慰問的藝人，是不是『黃色潛水艇良二．浩二』？……是喔？你想起來了？很懷念吧！」

以開朗的笑聲停頓一個呼吸的長度，然後流暢地開口：「那，要跟你商量的是……」

「如果，我是說如果啊，能約到『良二．浩二』兩位的話，你願不願意見個面呢？當然就算不見面，光是聽到有年輕人像你這樣，在艱難的時期從他們身上得到歡笑、得到鼓勵，同樣選擇了搞笑藝人這條路，他們一定也會很高興的，請他們說說感想為影片增色……如果你願意在不造成負擔的範圍內談談當時震災的經驗……啊，可以嗎？謝謝！」

或許是滔滔不絕的提議發揮功效、建了功，池尻輕而易舉地便得到首肯。晴一的心情一半是鬆了一口氣，另一半則是覺得什麼嘛！真沒意思。要是答應得這麼乾脆，之前又何必裝模作樣，說什麼不願意在鏡頭前講。那是不是說如果是我開口肯定會拒絕？

「好的，那麼等安排好了，堤會跟你聯絡，好的，謝謝。不好意思在你忙的時候打擾你。那就先先失禮了──」
一掛電話，池尻就豎起大拇指說「交涉成功」。
「喲，那你就接手做完啦。」
「爲什麼！其他的你要自己做啊。是中島先生也很關心要我幫忙，我才特別支援的，你要請客啦！」
總之，VTR有了一個頭緒。從廣道的日常談起，到想當搞笑藝人的動機、震災的記憶以及與恩人的重逢，最後以震災將屆二十四年云云來結尾，應該就很像樣了吧。晴一拜託在演藝圈資歷很長的導播，和經紀公司的管理部門取得聯繫，打聽『良二・浩二』目前的消息。根據幾天後回覆的電子郵件，負責裝傻的浩二已經病故，不知道搭檔現在在做什麼，但據說是沒有經紀公司自行展開活動，並附了電話號碼。一九九五年當時已經四十中旬的資深藝人，也難怪。本來隱約想要請他們再爲現在的廣道表演一次在避難所表演過的段子，卻因不可抗力的原因不得不打消念頭。那是不是加入掃墓的情景比較好？晴一邊想邊打了負責吐槽的佐川良二的手機。他這次行動之所以比往日迅速，是因爲池尻那精彩的電話溝通技巧還記憶猶新。

『……喂。』

響了九聲，正準備掛時，及時接起電話的男聲，聲音乾澀得像把牛皮紙揉成一團。據說是沒有經紀約的單人搞笑藝人，憑他這種聲音能說話嗎？

「請問，是佐川良二先生嗎？『黃色潛水艇良二・浩二』的……」

『對。』

「不好意思打擾了。我是浪速電視台《晚間天線》的工作人員，敝姓堤……」

這段前言無論怎麼說都很長、卻又不能省略，晴一每次都覺得說明的這段時間最痛苦了。

「有人在九五年的時候看了『良二・浩二』兩位在避難所的表演，備受鼓舞，現在也當上搞笑藝人呢。」

『噢。』

晴一自以爲盡全力說得精神抖擻，佐川乾澀沙啞的回應卻沒有絲毫感動。晴一做好心理準備：他可能不會答應。無論打了多少如意算盤、做了多少計畫，只要當事人不肯答應就沒戲唱。爲了讓口水滋潤早就已經又乾又黏的口腔，晴一拚命鼓動舌頭。

「那個，是一位叫並本廣道的藝人，如果請您與他見面，讓我們拍重逢的場面，不知道您願不願意考慮？」

『可以啊。』

出乎晴一預料，一口就答應了。晴一說謝謝的聲音都高了好幾度。

「那麼，可以麻煩您先跟我開個小會嗎？看您什麼時候方便，我過去……」

『不了，我去找你。』

「咦，可是……」

『浪速電視台是在福島吧，我以前去過好幾次，我認得路。』

有點像是曾經是「這邊」的人這種自豪的一絲餘味，讓晴一的鼻子癢癢的。

「啊，那我就恭敬不如從命，您什麼時候方便呢？」

『你等等，我看看我的行程。』

聽到在旁邊窸窸窣窣找東西的聲音，過了一會兒佐川說「後天傍晚或晚上怎麼樣」。

「好的。」

說好七點在環狀線福島站收票口外的商店前碰面，掛了電話後傳「約到人了！」的LINE給廣道。雖然沒有回覆，但出現已讀，晴一判斷應該可以繼續進行，兩天後的傍晚，晴一從節目中途告退，前往福島站。在下班人潮擁擠的小小車站內，很快便找到佐川身穿深灰色夾克的身影。因爲他雖然還不至於像遊民，卻沒有屬於任何地方的氣息。那種被排除在某種「社會」之外的氣氛，學校、公司、家庭並不是「遠離俗世」這優雅的辭彙能夠形容的。躲在叢林裡不知戰爭結束的人，或許就是有這種徬徨無依的感覺。叫聲「佐川先生」，便聽到「哦」一聲，比電話裡聽到的聲音圓潤了幾分。

「謝謝您百忙之中趕來。我們找一家店坐坐吧。」

「那裡就好。」

晴一本來預定去站前商店街的一家咖啡店的，但佐川指指紅綠燈對面高架橋下的那些居酒屋。在明明平成都快結束了，昭和卻死賴著不走般的居酒屋的圓椅上坐下來，便說「生的」。

「啊，啤酒喔，好。」

晴一叫店員期間，佐川也直盯著貼在牆上的一張張菜色品項，自作主張地大點特點。當餐前小菜山葵章魚和啤酒一起送來，一言不發便咕嘟咕嘟喝起來，晴一開口說「那我再次向您解釋一下節目的宗旨好嗎？」，佐川雖說「好」，但到底有沒有在聽實在很可疑。一雙眼睛只有在下酒菜上桌的時候才會亮起來，一個人掃光鮪魚後頸肉、喜相逢、牛肉串燒，又點了燒酎加冰塊。

「我們的企劃概念，這樣您是不是大致了解了？」對於這個問題，則是打了一個還以為他會吐出來的嗝。晴一不禁嗚地一聲皺起眉頭，卻見他不懷好意地笑著。那不是單純的失禮，而是擺明了惡意作弄。晴一感到見面以來的不安越來越濃。兩人座的小小桌子上擺滿了佐川點的菜色。鰤魚的骨邊肉、培根炒菠菜、炸豆腐、豬肉鍋、高湯蛋捲……顯然沒有考慮吃不吃得完，只是看到什麼就點什麼。

「那，請問，您願意演出嗎？」

「哦。」

只見佐川突然露出諂媚的笑容，往晴一面前湊，問：「多少？」。晴一一時不明白他的意思。看著佐川萎縮泛紫的牙齦和泛黃的牙齒，以及缺了好幾顆的門牙之後有如深淵般的黑暗，心想我在幹什麼啊我。

「我說呢，小哥。」

佐川失去耐性，開始抖腳。頻率竟和電車從頭頂上經過的震動同步。這算是即興演奏嗎。

「呃……那個……」

他對晴一遲鈍的反應睇起充血的眼睛，說：「酬勞啊。」

「我可是藝人，不能做白工。你懂的吧？」

這人是怎樣？什麼藝人，根本是敲竹槓嘛。晴一暗自在腿上握緊拳頭，傻笑說「不好意思」。這是導播提出無理要求時使出的「饒了我吧」的信號。把自己擺在下位，擺出像狗露出肚子示弱般的笑容，也不知道裝得像不像。

「這是新聞部負責的單元，照規定是不能像綜藝節目那樣付錢的。」

「那難道沒有送點什麼嗎？」

佐川一副要用抖腳來威脅般讓桌子大抖特抖。

「禮券啊，那一類的也可以。」

「啊——，沒有耶。」

事實上，對提供影片、照片的民眾是會致贈五百圓的QUO卡作爲謝禮，但他不相信區區五百圓滿足得了佐川，而且這也控管得很嚴，不是晴一自己可以作主想送就送的。

「什麼啊，眞沒用。」

佐川將燒酎酒杯裡剩下的冰滑進嘴裡，嘖嘖吸吮之後才哐啷一聲吐出來。

「那，給交通費吧。」
「咦？」
「我到這裡來的電車費。我是從姬路來的，來回哦。」
晴一既沒有方法也沒有氣力去查證這是眞是假。用手機搜索了電車費用，來回是三千零四十圓，便從錢包裡拿出三千一百圓放在桌上。佐川當然沒提到找零。
「出差費就算你免費吧。多謝款待。」
晴一遞給他的名片被逼到餐桌一角遺留在那裡，噴到了不知是醬油還是什麼醬汁，總之就是咖啡色的污漬。一聲「請問」叫住了離席的佐川。
「您怎麼會想去災區慰問呢？」
「小哥，當然是因爲有錢賺啊。」
佐川的回答毫不遲疑，簡直乾脆爽快。
「我們一說要去神戶，劇場的客人和藝人同伴就拿錢給我們……說要給我們補貼油錢、要我們買吃的送過去。當然我們沒有全部用掉。只不過稍微扣下一點……畢竟那時候要去神戶可不容易啊。路上塞得要命，多花了很多油錢。拿一點跑腿費也不會遭天譴吧？時效已經過了啦。」

晴一無法將佐川吃剩的料理就這麼丟下離開。雖然一點食欲也沒有，還是配烏龍茶硬吞，付了錢離開到外面，冬天的晚風從大衣的縫隙冰涼了鼓脹的肚子。車站前的人潮更加擁擠，已經喝醉的醉鬼們的歡鬧聲聽起來遠得像自己在牢裡，晴一帶著這種感覺走過短短的路程回到電視台。

爲什麼會問那種問題呢？晴一自問。難道是想從那個老頭嘴裡聽到什麼有人情味的話，從中得到溫暖、鼓勵嗎？希望至少能讓惶惶不安的災民、受傷的人們笑一笑——這種的，明明在電視上播出自己都會嫌「好冷」，用冰冷的眼光認爲那只是自我滿足。爲什麼一站在鏡頭後立刻就需要簡單明瞭的故事，還忍不住向對方要求呢？佐川的唯利是圖，與他不符自己心中的劇本而生的煩躁，必須要分清楚。

不過，那老頭眞不是什麼好東西。一開始就是打定主意來白吃白喝的吧。憤怒中摻雜著憐憫。晴一不知道他作爲藝人、作爲一個人是怎麼活過來的，但看來他就算吃飽了也無法停手。看起來已經超過貪婪，顯得悲哀了。心中淡淡浮現「我將來要是也變成那樣怎麼辦」的恐懼。在沒有希望的工作上走到瓶頸，沒有家室也沒有存款，穿著上臂有莫名拉鍊的破夾克，狼吞虎嚥地吃著白食。

不，就算是現在，我和那個老頭又有什麼差別？不以爲意地想著「掃墓的場景」的那一刻，不就半斤八兩了嗎？在等紅綠燈期間，晴一抬頭看天空。閃著紅色光點的飛機從中掠過。如果有流星劃過，就許願希望佐川良二是小氣大富翁吧。因爲仰天生氣的自己會火燒心，而低頭不屑的自己則會陣陣胃痛。

回到電視台，走在編輯室旁的走廊時，又遇到池尻，一句「怎麼樣？」被問起經過和結果。

「你不是去跟那個藝人見面討論了嗎？」

「哦，嗯……」

不希望別人問的心情，和想找人一吐爲快的心情在心裡糾結。由於事情是池尻幫忙安排的，便說「結果不行」簡要說明了，池尻便苦著臉撩起頭髮。

「哎呀——不過，人生百百種嘛。對並木先生很不好意思就是了。」

這時候，晴一才終於想到廣道。

「……怎麼辦？」

「什麼怎麼辦？」

「我已經跟他報告說約好佐川先生了。」

「你阿呆啊你，要報告等事情都談好了再報告就好了啊。現在只能去跟他說交涉不順利，跟他道歉了啊。影片的構成重新再想。」

「是啊……」

正要嘆的氣，因爲池尻的下一句話縮了回去。

「不過，老實告訴他看他的反應，也是紀錄片的醍醐味。」

「你胡說什麼！」

聽到晴一突然凶起來的語氣，池尻露出傻眼的表情。

「並木先生和那個老頭，都不是任我們揉搓的素材好不好！」

「我知道啊。我又沒有說眞的要那麼做。」

池尻的語氣也尖銳起來，一副「用不著你來說」的樣子。但晴一停不下來。

「要這種小把戲的那一刻，就已經不是紀錄片了，那算什麼？難道我們可以自作主張，不管並木先生會不會受傷嗎？只要電視有收視看不出明顯的故意安排的樣子，就隨便怎麼樣都可以嗎？」

「我聽你放屁！」

池尻咚地用力拍了素材影帶堆積如山的桌子。塑膠盒要垮不垮的。那裡面收錄了多少人的人生片段？當中又有多少是「純然的現實」？

「你『不想傷害』的對象不是並木先生，是你自己。只是你自己不想受傷而已，明明就是用假裝關心別只想保護自己。連一段影片都拍不出來的人少在那裡擺PD的架子。你哭哭啼啼鬼吼鬼叫的那些洩氣話，我都經歷過幾百遍了。」

懾於池尻的怒氣，晴一什麼都不敢說，照例又逃到休息區。他不相信世界上存在任何能夠讓他此刻的心情獲得休息的東西。覺得永生永世，都不敢再正面面對池尻。比起遷怒卻被正面反擊的尷尬，保身與膽小被看穿的羞恥更加嚴重。雖然他也不認爲能夠妥善地處理善後，但眞的被人指出來，感覺像被一根大棒子戳中肚子正中央般震驚。雙腿邋塌地癱著，從大衣口袋裡摸出手機，遲疑著還是傳了LINE給廣道。在自己因後悔和自我厭惡而無法動彈之前，必須先做好這件事。所謂的最起碼的責任感吧。還是因爲感激他在街拍時幫忙的恩義？雖然不知道，但自己現在能夠稍微講道理的對象，就只有廣道。

『請佐川先生出面的事，沒能得到他的同意。明明是我們這方主動提議的，眞是抱歉。』

對方大概也正在使用手機吧，立刻就呈現已讀。好快！晴一連害怕的時間都沒有，電話就打來了。嚥了一口口水，還有剛剛塞進肚子裡的高湯蛋捲的餘味。

「……喂。」

『啊，堤先生，辛苦了。我剛才看過LINE了。』

依舊是開朗的「廣道哥哥」的聲音。晴一並不是想被責怪，心裡卻想著，就不能透露出一點遺憾或負面的情緒嗎？

「眞的很抱歉。都怪我不會交涉……」

腦海裡閃過擔憂。他說明得如此抽象，也許並木又要像街拍的時候那樣提議「不然我來拜託他好了」。這麼一來，就可能會變成受訪當事人興致勃勃，拍攝方卻加以阻止的奇怪構圖。拜託，你就接受吧！心裡正在祈禱，卻聽到一個毫不在意的聲音。

『太好了。』

「咦？」

『幸好沒有談成。我一直很擔心，要是談成了怎麼辦。因爲，那個是我編的。』

咦？短短地咦了一聲，晴一便說不出第二句話了。編的？什麼意思？

「請問是怎麼回事？」

『啊——就，喝了酒忍不住就編起故事來。小學的慰問演出的事，其實只是記得小時候看過的新聞。事後冷靜下來，雖然覺得不太妙，可是堤先生已經告訴池尻先生了……我心裡一直提心吊膽的，想說要是遇到最糟的狀況要面對面，也只能隨便配合應付過去。所以沒談成我眞的放心了。』

即使如此，晴一還是轉不過來。

「爲什麼要編那種話？」

『不是很常有嗎？說當上班族當累了也沒什麼意思，就想多加一點可憐的身世……很多搞笑藝人都這樣，加點油添點醋。所以我一時鬼迷心竅……眞的很抱歉。我在反省了。堤先生，你生氣了嗎？』

沒有——晴一回答。事實上也眞的沒生氣。情緒跟不上。每個人、每件事都與晴一背道而馳。只是一再地被證實自己理所當然就該如此不順而已，除了餐費、交通費加起來約一萬圓的損失很痛之外，他覺得沒什麼好生氣的。他越來越不明白了。這份工作、自己、人這種生物。

掛電話之前談了什麼他記不得了。一從沙發站起來就頭暈。咦，這是什麼，一直轉耶。晴一搖搖晃晃地往牆上靠。本來是打算就這樣暫時不要動的，卻看到地毯上有個影子往這裡過來，一認出那是三木邑子，晴一就慌了想逃。但是在腳踏出去的同時，視野便大大扭曲變形，同時猛烈的嘔吐感直衝而上，他當場跪下。按住嘴。一波波浪潮從胃襲向喉嚨。

「你還好嗎？」

邑子立刻跑過來蹲在他身旁，一看晴一的樣子便將夾在脇下的報紙在地上攤開。

「想吐嗎？能忍到廁所嗎？」

或許是含著淚點頭造成了震動，體內的浪潮終於到達口腔，直接衝到外面。浪潮一連三波。在吃下的東西逆流的痛苦中，邑子的手輕撫背部的觸感格外鮮明。所幸沒有吐在衣服上。在廁所洗好手、漱了口回到現場，邑子正在上面覆蓋更多報紙。

「我已經聯絡警衛了。」

她以晴一很怕的精明幹練的口吻說。

「他們說怕是諾羅，叫我們不用收拾。你覺得好點沒？這個時間開著的醫院不多……」

「啊，沒事。應該只是吃多了……現在好多了。」

可能是吃到肚子差點脹破之後血壓又急劇上昇下降，引起了消化不良。沒有發燒或腹痛的症狀。

「是嗎，那就好。」

邑子看似由衷鬆了一口氣，點點頭，去自動販賣機買了寶礦力遞給晴一。

「我也在公司裡昏倒過，還是不要太勉強哦。」

「啊，不好意思，錢……」

「不用了。請多保重。」

邑子走了之後，晴一打開寶特瓶，喝了一口寶礦力。好好喝。覺得身體欠缺的得到了需要的補給。喝了一半，擦擦濕掉的嘴唇。他想，這樣下去不行。他不希望以後比現在更受不了自己。回到報導區，編輯室已不見池尻的身影，但邑子正在主播平常準備稿子的辦公桌看原稿。應該是在準備晚一點的深夜新聞吧。他鞭策想右轉的腳走過去，叫聲「三木小姐」。邑子抬頭的同時，鞠躬說「對不起」。

「咦，不用放在心上啦。人人都有身體不舒服的時候呀。」

「不是，我指的不是那個……」

手裡剩下一半的寶礦力輕輕搖晃。

「我之前用有色眼鏡看三木小姐，背地裡說了很失禮的話。真的很對不起。」

一口氣說完抬眼一看，只見邑子原本愣然的臉上，露出想嘆氣的苦笑。

「一百五十圓就能讓你拿掉顏色變透明了？那還眞便宜。」

「不是那樣的……」

「我知道，是笠原吧。好吧，雖然我沒有豁達到能說我不介意，但我知道你反省了。我接受你的道歉。」

她柔柔地微微一笑，便又立刻恢復嚴肅的神色面向原稿。晴一不願打擾，行了一禮便離開了。

「不好意思，可以打擾一下嗎？關於這段概要的部分。」邑子的聲音說。

「這個『絕不該再次發生……』的部分，我覺得具體一點是不是比較好？」

是啊——今晚的編輯回應道。

「一些慣用句常常因爲方便就隨手用了，要多留意。」

「我不是要挑語病，但說『不該再次發生』，就忍不住會想：那有什麼事件是該發生的？對當事者而言，無論什麼事情一定都是『不該發生』……」

晴一聽著他們的對話，在附近的椅子上坐下來。思考廣道剛才那通電話。那是什麼呢？是爲了不讓晴一難過才說他受災是編的，還是他眞的是順口胡扯的……雖然覺得兩者都有可能，但晴一總覺得有些難以釋懷。快想。廣道在想什麼？不要問別人，用自己的腦袋想。

佐川去過避難所是事實。年幼的廣道是否在場，目前不明。要如何不靠本人的說法來查明？「求證了嗎？」工作中經常聽到的一句話在心中響起。眼前的電腦處於睡眠狀態，是全黑的。

晴一鼓起僅餘的一絲勇氣，打電話給池尻。

『……幹嘛。』

聲音有如從沼澤裡爬出來般又低又沉，但晴一不能逃。

「想請你幫個忙。」

『蛤啊？』

「剛才並木先生的事，我想用以前的新聞報導來查，可是我沒有搜尋資料庫的權限……」

池尻沉默了，過了一會兒，說：「就這樣？」

「是我不好，抱歉。」

『要請我吃吉野家，你這阿呆。』

五分鐘後來的池尻眼睛都快睜不開，雖然發著牢騷說「我正在小睡」，但好像已經不生氣了。

「抱歉。」

「我登進去以後你自己弄。別忘了弄完要登出。」

「好。」

池尻打開搜尋報導的資料庫，輸入帳號和密碼，側臉明顯憔悴。在螢幕的光照下，眼睛下方的黑眼圈顯得更黑。

「你看起來很累。」

「片頭搞不定。」

登入以後，池尻還是坐在電腦前不動，低聲說：

「才短短幾秒鐘，隨便弄也沒有觀眾會在意。可是，那接下來的幾秒呢？再後面的呢？只要有一個地方隨便，結果就是全部都隨便。我自己讓自己變得隨便。這樣豈不是很蠢嗎？」

「嗯。」

這是晴一第一次和池尻這樣談工作。

「就算用的是相同的主題、同樣的素材，有太多人做出來的影片是我連比都不能比的。憑我的程度，連嫉妒的資格都沒有，再怎麼瞪大眼睛也看不到人家的車尾燈，世界上多的是這種人。但是，我也只能拚了命做出『我自己的影片』，因為這是我的工作。」

就連池尻的自嘆不如和苦惱，在晴一眼裡都是耀眼仰望的對象。他的認眞，他的堅持。但是，他並不覺得池尻是不同世界的人。

「弄完以後，我們去吉野家好好慶祝一下。」

晴一說。

「那麼便宜的獎賞激不出動力啦！」

「你可以點牛壽喜鍋膳。」

「我要鰻魚，附牛小鉢的那個。」

池尻走了之後，晴一便開始自己的求證。在畫面的搜尋欄裡輸入「並木廣道」。結果是0件……不對，那是藝名。刪除。拚命回想在居酒屋碰巧看到的本名。壯太……名字是壯太。不行，想不起他姓什麼。

試著用「壯太 震災」去搜尋，畫面列出了超過十件的結果，但沒有一則和廣道有關。是剛好都沒有存在資料庫裡嗎？還是廣道說的眞的是編的？晴一無法離開電腦。

他還是不滿意，思考自己爲何這麼不死心時，浮現出廣道回答「阪神淡路大地震」時那坦然得甚至是毫無防備的眼睛。那一晚廣道說一九九五年冬天他在避難所看到這輩子最美的星空，晴一不希望那個廣道是裝出來的。這也只是我把自己的劇本硬派在他身上嗎？晴一雙手在腦後交扣，靠在椅背上。燈光明晃晃的，即使閉上眼睛，隔著眼皮仍感到刺眼。倒是從沒看過這裡關燈的樣子。晴一心想，要是眞的發生地震會停電嗎？但電視台當然有自備發電設備吧。每當忙著出外景、編輯到半夜，到了路上街上靜悄悄的時間從外面看，總是會感到安心。明明沒有依戀也沒有熱情，但一想到那裡有人就安心。雖然星光會因爲這明亮的燈光而失色。

於是思考又回到廣道身上，晴一在腦海裡描繪提著波士頓包、彷彿隨時都會去旅行般的挺拔站姿——波士頓包。搭檔。

對了！晴一睜眼，再次面向電腦開始搜尋。這次用的是「震災 YUTA」「震災 雄太」「震災 勇太」「震災 悠太」……有了，有希望了。點進去看全文，是地震後那幾天極爲混亂的時期的報導。「神戶市長田區的古賀太一先生家中，四歲的悠太小弟弟不幸被衣櫃壓死」的內容出現在令人心痛的許多災情報導之中。這樣的案例，在那一天的神戶肯定多不勝數。才四歲的孩子，在睡夢中被衣櫃壓死，這樣的事不該發生。當晴一和家人說著「搖得好厲害啊」的那個早上，到底積累了多少「不該發生的死亡」？想起隨身帶著YUTA、對之愛惜有加的廣道，晴一心裡比知道事實之前還苦。但與廣道順口吐露之後又改口說是編的來拉起防線的複雜心情相比，根本不算什麼。既然廣道說是編的，也許接受他的說法、裝作不知對他比較好。但是，晴一沒有視而不見這個選擇。

幾天後 on air 結束，晴一帶著攝影包包正要離開電視台的時候，被一聲「晴一哥」叫住了。結花以不太自在的神色站在那裡。

「你要去採訪上次那個人？」

「嗯，約到人了。」

「上次很抱歉。」結花說。

「我因爲心裡有事，被晴一哥的話刺激到了。雖然現在也還是有那種情緒，可是晴一哥又不知道，我反省過，是我態度太差了。」

「……哪裡，我才抱歉。」

好好加油哦！——然後背上被拍了一下。結花的心事晴一不知道，以後也不會知道。他們只不過是碰巧在同一個職場工作的外人。可是，就算關係不深，緣分依舊是緣分，指尖不經意輕輕擦過某個人的靈魂的瞬間確實存在，那個瞬間，無論自己想不想要，都是高貴的。若是對這一瞬瞧不起、退避三舍，就沒有資格在人群中活下去。

他們約好在阪急梅田站的 BIGMAN 前會合。當廣道比約定的七點半稍微晚一點到時，晴一先看了波士頓包，說「YUTA 弟弟」。

「是你弟弟，對嗎？」

晴一覺得如果不一見面劈頭就問他就會不敢問。廣道眼睛一下睜好大，然後坦誠點頭說「對」。

「好厲害啊，你怎麼知道的？」

「我找到一則，唯一一則以前的新聞報導。」

「是喔。我們明明拒絕了所有的採訪，結果還是有資料跑出來。」

收票口前的大型螢幕播放著金碧輝煌的寶塚歌劇影片，阪急三番街處處都充斥著聖誕裝飾和折扣廣告。短短一個月前才和彩美討論「聖誕節要怎麼過？」，此刻卻處在與當時預想的未來截然不同的「現在」。不應該是這樣的、本來應該在這裡的人不在了——來來往往的人當中，一定也有人這麼想吧。廣道仍帶著笑容，約他「要不要去上次的天橋？」四處分枝的天橋與JR大阪站南口相連的樓梯前，一個街頭歌手正忘情演唱不知是創作還是翻唱的抒情歌。他們爬上樓梯，靠在扶手上，那差勁的歌聲與車輛的喇叭聲、斑馬線「嗶啵、嗶啵」的電子音混成了大雜燴。也依稀聽得見大阪車站的廣播。晴一覺得不安靜反而好，彼此都輕鬆。

「我平常和悠太都是睡一起的。」

廣道往下看了看扇町通說。

「那天……前一晚，我們兄弟吵了一架。爲了誰先洗澡之類根本無所謂的小事，我母親只罵了我，到了要睡覺的時候我還在生弟弟的氣。所以，我和平常不一樣，占了靠近門的位子。因爲我弟弟討厭靠窗。他說窗簾飄飄的很像鬼……所以當然哭喪著臉說『哥哥跟我換』。可是我鬧起脾氣，說『剛才媽媽已經偏心你了』不肯讓。大概是身爲哥哥，平常什麼事都不能隨心所欲，累積了很多不滿吧，當然我想我爸媽對待我們是很公平的……。我弟，悠太他也沒有去向睡在一樓的爸媽告狀，哭了一陣子就安靜下來了。我背對著他聽著，不知不覺睡著了……當我被那個世界末日般的搖晃嚇得跳起來的瞬間，在頭那邊的衣櫃倒下來。」

廣道的敘述流暢得像是事先準備好一般。晴一認爲這不僅是因爲廣道能言善道，而是「那天早上」和「前一晚」在他腦海中重播了數不清多少次。

他一手在冰冷的扶手上握拳，另一隻手提著 YUTA 弟弟。

「如果照平常，我沒有鬧脾氣的話，結果就是相反的。死的會是我，活下來的會是悠太。偏偏在日常習慣有了那麼一點點改變的時候發生那麼大的地震，這種事，誰想得到？誰能預知？你難道不會去思索人生是什麼、命運是什麼？我最後聽到的是悠太的哭聲，最後對悠太的想法是好吵、好煩。」

晴一覺得廣道並不需要別人的贊成或反對，無論是哪一種，他都無法接受「只有弟弟死去」的現實。即使如此，他還是不能不問：爲什麼是弟弟？

「……這些，你跟人說過嗎？」

「沒有。跟父母說，他們也絕對不會怪我。說了也沒有意義啊。」

「那，爲什麼告訴我？」

「爲什麼呢？」

廣道爲難地笑了。

「我看到新年號的新聞，覺得天啊，平成眞的要結束了。等平成結束了，震災的事也會變成歷史年表中的某一行，沒有人知道我和悠太的事，時代就要變了，突然讓我很心慌。每年從十二月到一月十七日，我的情緒都會不太穩定……所以，應該就是時機吧。不過，我對於人選也不是沒有遲疑，但是謝謝你查出來，沒有就那樣放過。……謝謝你知道世上曾經有過悠太。」

晴一還來不及思考，話就出口了：「剛剛說的這些，請讓我拍。」廣道緩緩朝這邊看。平靜的眼神中或許蘊藏著憤怒和失望，但晴一還是不能不說。

「請你在鏡頭前說。把你過了將近二十四年還是無法接受的事、平成就要結束仍無法忘懷的事、不願意留在平成的事說出來。我想除了並木先生，一定也有很多人這麼想。如果能讓這些人……能讓更多人聽到該有多好。雖然我是個連街拍都搞不定的遜咖，但我想試試看。我會請其他導播幫忙，盡可能做出一件好作品的。」

晴一想把剛才聽到的廣道的聲音留住，留下來。但願能觸碰到哪個陌生人的悲傷和後悔，哪怕只是一點點。就算這對連半個ＰＤ都算不上的晴一來說可能是痴心妄想、像是給星星寫信般沒有指望的奢望。就算晴一一個人做不到，池尻和中島會幫忙。搞不好，我其實是很幸運的。

「……如果我拒絕呢？」

「那我就會做出一段乏善可陳的影片，然後被罵。」

聽晴一老實招認，廣道說「那可不太妙」，輕輕提起波士頓包說：

「我問問我搭檔。」

只見他拉開拉鍊拿出YUTA弟弟，將包包遞給晴一，像平常那樣抱住人偶。

「YUTA弟弟，怎麼辦才好呢？」

「就答應他吧？」

YUTA弟弟的嘴一張一合地動了。

「誰叫這個哥哥太笨拙了，好可憐。」

「喂，你胡說什麼啊。」

「因爲，他明明就不適合做電視台的工作，一開始一看就知道來得心不甘情不願啊。後來，也許可能只是被逼得狗急跳牆，可是他現在會主動說想做了，有進步呢。」

「是啊。」

「要是將來成了知名PD，就說『是我們栽培的』。」

「不可能啦。」

「將來的事誰都不知道啊！」

「這倒也是……那就是ＯＫ了。」

「請多指教哦！」

讓 YUTA 弟弟垂下頭行禮之後，廣道難爲情地欠身說「不好意思讓你看了一齣鬧劇」。晴一知道，他這麼做是爲了不讓場面顯得太嚴肅。

「哪裡，謝謝你。」

他們說好要談這些還是應該去神戶，白天找個地方外拍，然後先約好了下次的日期。晴一忽然好奇起佐川的事，問道：

「不好意思。這純粹是我好奇，你在避難所看的『良二・浩二』的段子，有那麼好笑嗎？」

「沒有，一點也不好笑。」

廣道答得實在乾脆。

「一點也不好笑，我想不止我，應該所有人都是因爲自暴自棄才笑的。因爲那時候是處在一個不笑就活不下去的狀態。不能想著要別人來逗我們笑、要自己笑——那時候我們產生了這樣的連帶感。所以現在我也是眞心感謝他們。」

「原來如此。」

老實說，晴一不想再和那個老人扯上任何關係。不過，要是他能在哪裡看到自己拍的影片而有所感觸，倒是很值得開心。即使他只想到當時眞是賺翻了也沒關係。在天橋上道別前，廣道以「這個眞的不能在電視上播」爲前提，說：

「我不是說我沒交過女朋友嗎？我啊，長期失眠，尤其沒辦法跟別人一起睡。因爲我會怕早上起來身旁的人會不會已經死了，怕得心悸。抱著 YUTA 弟弟睡，才終於能熟睡到天亮。也許是移情作用，但我覺得他和我弟有點像。所以現在我們每晚也都一起睡。沒有人會喜歡這種男人吧？」

廣道隔著波士頓包溫柔地輕輕拍了拍 YUTA 弟弟。

「也許我應該去看醫生，但我不願意，我想我會討厭可以沒有 YUTA 弟弟的自己。我沒有做什麼『心理治療』。我不想治好，不想忘記。所以就像現在這樣，一個人就好。」

晴一沒有多想，回答「很好啊」。不需要心靈創傷、心理諮商那些艱澀的專有名詞。

「YUTA 弟弟比交女朋友重要，是天經地義的。不必硬要改變。」

讓傷口依舊是傷口，悲傷依舊是悲傷。時光會流逝，「那一天」會來到，唯有重要的人不在的回憶在心中累積。

「謝謝。」

廣道的笑容底下，車陣流過，腳底微微晃動。那是個鬆了一口氣的笑容。明明晴一沒有任何權利和權限，但這樣的自己說的話也能夠讓他感到一絲安心。廣道轉身邁步。晴一在自己呼出的白色氣息之後，目送那個遠去的背影。不是像平常那樣算著能夠走開的時機，他想要一直目送廣道到看不見為止。要是廣道回頭，就輕輕揮手，告訴他：我在這裡。

我在這裡，看著你。我有那麼一點點，認識你。

風暴中的星屑

砂嵐に星屑

作　者—一穗ミチ
譯　者—劉姿君
編　輯—黃煜智
校　對—魏秋綢
封面設計與插畫—楊珮琪
內文排版—陳姿仔
行銷企劃—林昱豪

副總編輯—羅珊珊
總 編 輯—胡金倫
董 事 長—趙政岷

出 版 者—時報文化出版企業股份有限公司
108019 台北市和平西路三段二四〇號四樓
發行專線／（02）2306-6842
讀者服務專線／0800-231-705、（02）2304-7103
讀者服務傳真／（02）2304-6858
郵撥／1934-4724 時報文化出版公司
信箱／10899 臺北華江橋郵局第九九信箱

時報悅讀網—www.readingtimes.com.tw
電子郵件信箱—ctliving@readingtimes.com.tw
思潮線臉書—https://www.facebook.com/trendage
法律顧問—理律法律事務所 陳長文律師、李念祖律師
印　刷—家佑印刷有限公司
初版一刷—二〇二三年三月二十四日
定　價—新台幣四六〇元

時報文化出版公司成立於一九七五年，
並於一九九九年股票上櫃公開發行，於二〇〇八年脫離中時集團非屬旺中，
以「尊重智慧與創意的文化事業」為信念。

風暴中的星屑 / 一穗ミチ著 ; 劉姿君譯 . -- 初版 . --
臺北市 : 時報文化出版企業股份有限公司, 2023.03
336 面 ; 14.8*21 公分 .
譯自 : 砂嵐に星屑
ISBN 978-626-353-536-7(平裝)

861.57　　112001640

ISBN 978-626-353-536-7
Printed in Taiwan